평범한 결혼생활

# 평범한 결혼생활

임경선 산문

대체 누가 결혼생활을 '안정'의 상징처럼 묘사하는가.
결혼이란 오히려 '불안정'의 상징이어야 마땅하다.

# 1

원석이라는 이름을 가진, 여섯 살 연상의 남편이 있다. 올해 3월이면 그와 결혼한 지 꼬박 20년이 된다. 한 남자와 20년이나 같이 살 줄은 미처 몰랐다. 아마 우리의 공통 지인들도 비슷하게 느낄 것이다. 그들은 그와 나의 결혼 소식을 접했을 때부터 이 관계는 오래가지 못할 거라고 점치기도 했으니까. 워낙 서로의 기질과 성장 배경이 다르기도 하지만, 고작 3주 만나고 석 달 만에 쫓기듯 결혼한 탓에.

어쨌든 20년씩이나 한 남자와 결혼생활을 했으니, 이제는 그에 대해 한두 마디쯤은 할 자격이 있다고 생각한다.

# 2

'결혼생활이란 무엇인가'에 대해 곰곰이 생각해본다.

나에게 결혼생활이란 무엇보다 '나와 안 맞는 사람과 사는 일'이다. 생활 패턴, 식성, 취향, 습관과 버릇, 더위와 추위에 대한 민감한 정도, 여행 방식, 하물며 성적 기호에 이르기까지 '어쩌면 이렇게 나와 다를 수 있지?'를 발견하는 나날이었다. 나중에 이 질문은 점차 '이토록 나와 맞지 않는 사람과 어째서 이렇게 오래 같이 살 수가 있지?'로 변해갔지만.

맞지 않는다고 해서 사랑하지 않는 건 아니다. 우리 경우, 오히려 그 이질감이 애초에 서로를 끌어당겨 사랑을 불살라 단숨에 결혼까지 갔는지도 모르겠다. 주변을 살펴보면 실제로도 안 맞는 사람들끼리 살고 있는 경우가 허다하다. 신은 왜 이렇게 두 사람을 짝지어주는 것일까. 인간 좀 되라고?

결혼생활을 가급적 평화롭게 유지하기 위해 나는 서로의 '안 맞음'을 받아들이고, 이에 대해 초연해하며, 그것이 일으킬 갈등의 가능성을 피하려는 훈련을 본능적으로 하게 되었다. 이 점에서 결혼생활은 분명 일

종의 인격 수양이라 할 수가 있겠다. 다만 때로는 수양이 과해진 나머지
'난 네가 그걸 원하는 줄 알아서 그렇게 했다고!'라는 식으로 불똥이 튀
기도 했다. 서로가 서로에게 맞추기 위한 양보와 희생조차도 '안 맞는' 경
우를 맞닥뜨릴 때면 나는 너무 어이가 없어 힘없이 웃음만 새어 나왔다.

# 3

　우리의 '안 맞음'은 결혼 첫날부터 시작되었다. 프랑스 파리로 열흘 동안 신혼여행을 갔는데, 메뉴 선택에서부터 엇나갔다. 나는 남편이 양식을 못 먹는 사람이라는 것을 이때 처음 알았다. 매우 짧았던 연애 시절, 그는 꾹 참고 파스타 따위를 '먹는 척' 하고 있었던 것이다. 남편은 박물관에서 역사를 논하고 싶어 했고, 나는 미술관에서 예술을 음미하고 싶었다. 나는 쉬엄쉬엄 느긋하게 다니고 싶었지만 그는 꼭두새벽에 나가 하루 종일, 밤늦게까지 쏘다니다 호텔로 돌아와야만 직성이 풀렸다. 택시가 아니라 버스나 지하철을 타거나 걸어 다니면서.

"한 번뿐인 신혼여행인데 이렇게 쫓기듯 다닐 필요가 있어?"

　구시렁대는 내게 그가 눈을 반짝이며 답했다.

"한 번뿐인 신혼여행이니까 최대한 많이 돌아다녀야지!"

　우리는 파리 교외의 벼룩시장에까지 가서 애써 물건을 골랐지만 서로의 손에 든 물건을 보고는 똑같이 썩은 표정을 지었다. 결국 우리는 신혼여행 중에 몇 번 대판 싸우고 말았다.

신혼여행에서 돌아와 본격적인 공동생활로 진입하며 마주하게 된 숱한 '안 맞음'에 관해서는 어디서부터 얘기를 시작해야 할지도 모르겠다. 다만 그럼에도 불구하고 20년을 함께 살 수 있었던 것은 삶의 큰 배경 화면을 이루는 거시적인 문제들, 가령 가치의 우선순위, 속물 정도, '좋은 인간'의 정의, 정치 성향 같은 것들이 과히 비껴가지 않았기 때문일 것이다. 작가이자 정신과 전문의인 하지현 선생님이 한번은 내게 이런 이야기를 해주신 적이 있다.

"그 사람의 작은 단점 열 가지에도 내가 그 사람을 견디고 여전히 그의 곁에 머무르고 있다면, 아마도 그 사람은 내가 평소에 잘 의식하지 못하는 아주 커다란 장점 한 가지를 가지고 있을 거예요."

대개의 평범한 인간은 '다른 점'을 '단점'으로 생각하는 이기적인 존재이므로, 다른 점과 단점을 공정하게 구별하는 노력이 선행되어야 하겠지만.

# 4

 그렇다 하더라도 지난 20년간 각자 인격 수양이 얼마나 되었는지를 객관적으로 가늠하기는 어렵다. '사람은 근본적으로 참 변하지 않는구나'라는 생각을 떨칠 수가 없지만 그래도 하나 분명한 것은 '아내'나 '남편'이라는 역할을 연기하다 보면 나날이 요령이 생긴다는 것이다. 연기를 하는 것이 거짓된 행동이라고 비방하고 싶진 않다. 드라마나 소설을 보면 무거운 문제에 대해 솔직하게 고백하면서 서로의 사랑이 더 깊어지는 전개가 간혹 나오던데, 현실에서는 반대인 경우가 더 많다. 말을 아끼는 어른스러움이 때로는 관계를 유지시켜주고, 상대를 위한 섬세한 거짓 안에 정성 어린 마음 씀씀이가 존재하기도 한다.

 "나 예뻐?"

 언젠가 내가 남편에게 불쑥 물었다.

 "넌 예쁜 얼굴은 아니지. 하지만 매력적이야."

 그는 삐죽삐죽 자란 구레나룻 수염을 매만지며 가만히 나를 바라보다 덤덤한 목소리로 말했다. 나는 그의 답변에 실망하는 와중에 뜻밖의 기쁨을 느꼈다. 그의 말은 진실이었을까, 거짓이었을까. 아마도 둘 다였을 것이다. 어차피 '행간의 의미'를 남자한테 찾는 일은 시간 낭비일 뿐이다. 또 한번은 이런 질문도 던졌다.

"만약 윤서가 어쩌다 중죄를 저질렀다고 치자. 당신이라면 윤서한테 자수하라고 하겠어, 아니면 숨겨주겠어?"

남편은 그 질문에는 표정 하나 바뀌지 않고 즉답했다.

"당연히 숨겨주지. 아니, 같이 도망가야지."

나는 피시PC하지 않은 그 대답이 몹시 듣기 좋았다.
지옥에라도 같이 갈 어떤 관계.

하지만 남편이 중죄를 저지른다면 나는 정의롭고 양식 있는 시민의식을 발휘하기로 한다.

# 5

나는 평소 혼자 다양한 것들을 상상하며 살아간다.

예로, 그가 외국으로 출장을 갈 때면 여지없이 머릿속에 떠오르는 장면이 있다.

"여보세요? ○○○씨 가족분 맞으시죠?"

불길한 전화벨 소리가 울려 받아보니 병원이나 경찰서에서 걸려 온 전화다. 어쩌면 뉴스 속보를 보았을 때부터 예견하고 있었는지도 모른다.

나는 갑작스럽게 비행기 추락 사고로 배우자를 잃은 충격에 가슴이 찢어질 것만 같은 고통과 비애를 느낀다. 하지만 벽에 기대어 헛구역질을 반복하는 와중, 미량의 감미로움도 놓치지 않는다. 최소한 그의 죽음엔 나의 부채 의식이 1그램도 들어가 있지 않다. 그러나 며칠 후면 다음과 같은 전화가 걸려 온다.

"뭐 해? 나야. 방금 인천공항 도착했어."

안도와 더불어 느껴지는 약간의 아쉬움. 아내들의 이런 작은 살의가 남편들의 명을 늘린다.

　하루는 그와 인간의 생로병사에 대해 이야기를 나누고 있었다. 나의 이런 속내, 혹은 백일몽을 알 턱 없는 그가 아무렇지도 않게 툭 내뱉었다.

"아무 걱정 하지 마라. 네가 늙어서 아프면 내가 다 간병해줄 테니까. 너 가는 길 힘들지 않게 해줄 테니까."

　진지한 말투로 보아, 그는 내가 먼저 가는 것을 기정사실로 여기는 것 같았다. 아무리 내가 지병도 있고 평소 여기저기 골골하지만 여섯 살이나 많은 사람이 이토록 자연스럽게 단정 지어버리면, '처연한 과부'가 은은한 장래 희망 중 하나인 나는 몹시 곤란해진다. 그러거나 말거나 그는 그런 다짐을 한 게 은근 뿌듯하고 대견한가 보다.

# 6

그는 참 씩씩하게 걷는다.

한번은 해 질 무렵, 집 근처 지하철역에서 남편을 목격했다. 나는 저녁 강연이 있어서 외출하던 참이었고 그는 귀가하는 중이었다.

하루의 업무로 지친 이들이나 오늘 밤 데이트 약속이 잡혀 설렌 표정으로 외출하는 이들이 고루 섞여 지하에서 지상으로 쏟아져 나오는 가운데 나는 그 인파 속에서도 그를 단번에 알아보았다. 그의 뒤로 노을이 점점 짙어지고 있었다. 하지만 그는 목적지(집)를 향해 직진하느라 주변을 살필 겨를이 없다. 그는 저만치 비스듬히 서 있는 나를 알아보지 못한다. 안경 너머 그의 시선은 나를 쓱 스쳐 지나간다. 그런 그의 모습이 너무 낯설었다.

'우와… 정말 길거리에 널리고 널린 그런 아저씨네…'

그것은 돌이킬 수 없는, 있는 그대로의 진실이었다. 계속 쳐다보고 있자니 그제야 남편이 나를 알아봤다. 그가 팔을 번쩍 들어 흔들며 환하게 웃었다. 그 순간, 그는 더 이상 '길거리에 널리고 널린 아저씨' 중 한 명이 아니게 되었다. 심지어 조금 잘생겨 보이기까지 했다.

# 7

　이제는 돌아가신 시부모님께 개인적으로 가장 고마운 부분은, 당신의 아들을 넘치게 사랑해줬다는 점이다. 적어도 내가 보기에 남편은 완전한 형태의 사랑을 받고 자란 남자다. 경제적으로 유복하게 누린 것은 아니지만 그에겐 자라면서 한 번도 부정당해본 적 없는 '밝음'이 있다. 그래서인지 뿌리가 깊게 뻗은 나무처럼 안정적이고 우월감이나 열등감, 타인의 시선 같은 것들에 흔들리지 않는다. 혼자 시간을 보내거나 식사를 하는 것에 어색함이나 외로움을 느끼지도 않았다. 영어로 말하자면 그냥 'just being himself'인 것이다.

　그에 비해 나는 인정 욕구와 애정 결핍, 질투와 불안에 여전히 사로잡혀 있다. 그것들이 내가 하는 일에 동기를 부여하고 연료가 되어주는 측면도 있지만, 지난 인생을 돌이켜보면 단 한 번도 '꾸준히' 평온했던 시간이 없었다. 평온은 열정과 불안 사이, 고통과 공허함 사이사이 잠시 반짝 모습을 보여주고 이내 신기루처럼 사라졌다. 아니, 오히려 평온하다 싶으면 그 어색함을 견디지 못하고 상황을 흔들어 기어코 스스로를 불안정한 상태로 나를 다시 던져놓고야 말았다.

언젠가는 점을 보러 갔다가 이런 말을 들은 적이 있다.

"이 집은 경선 씨만 잘하면 돼. 남편과 아이는 아무 문제 없이 사는데, 경선 씨만 안달복달이야."

남편은 나와의 관계에 있어서 '문지기' 사주로 나온다고 했다.

"문지기요?"

"쉽게 말하면 돌쇠나 마당쇠."

바람이 휘몰아치는 날도, 비가 거세게 내리는 날도, 문지기는 언제나 그 자리에 서서 묵묵히 집과 마님을 지키는 소명을 다한다. '지킨다'는 것은 기존의 상태를 고스란히 '보존'한다는 의미로, 바꿔 말하면 하나의 '구조'로 존재할 뿐 실질적으로는 아무런 개입을 하지 않는다. 정신없이 널을 뛰는 나를 가만히 보고만 있는 존재, 라는 말을 들으면 조금 쓸쓸해지는 것은 어쩔 수 없다.

# 8

주변의 가까운 친구들도 무던한 성향의 남편을 치하하며 주로 나를 탓했다. 고등학교 때부터 친구인 재현이는 남편에게 재취업 축하 선물을 보내며 이렇게 말했다.

"경선이를 잘 데리고 살아주셔서 감사하다고 전해드려. 형 같은 남자니까 망정이지, 다른 남자랑 살았으면 현재 스코어 세 번 정도 이혼 각 아니었을까?"

'야, 죽을래?'라는 말이 혀끝까지 나왔지만, 값비싼 선물을 받은 입장에서 굳이 반론은 제기하지 않는다.

"그래, 조신하게 살게."

내가 눈알을 굴리며 빈정대자 친구는 신나서 한술 더 뜬다.

"너를 이렇게 오래 데리고 살 남자가 있을 줄 누가 알았겠어. 상을 주고도 남지. 내 마음에 평화를 주시는 분인데…."

결혼 두 번 한 놈이 그런 말을 하니까 묘하게 설득력이 있었다.

# 9

역시나 오랜 친구의 말은 꽤 일리가 있었다.

2018년 여름, 아빠의 장례를 치렀다. 세 남매가 조문객을 맞이하는 가운데 내 손님은 왔다 하면 거의 남자였다. 가장 큰 이유는 정치외교학과 동기들 대부분이 남자인데, 하필이면 이 친구들이 다들 따로 와서 보기에 더 도드라지기도 했다. 이런 점을 감안하더라도 인정할 것은 인정해야 했다. 대체 나는 어느새 이토록 많은 남자들과 사회적 친분을 쌓아왔단 말인가. 형부는 이게 대체 무슨 상황이냐며 혀를 찼고, 오빠는 눈살을 찌푸렸으며, 새언니는 남자들한테 인기 좋다며 놀렸으며, 언니는 어이없어하며 눈을 흘겼다.

다른 사람들이 뭐라고 하는 건 한 귀로 듣고 흘리면 되지만 슬그머니 남편의 눈치가 보였다. 그런데 정작 그는 무심해 보였다. 그저 분주하게 움직이며 막내 사위로서 도리를 다하고 있었다. 발인을 앞둔 전날 밤, 잠을 못 이루고 뒤척이던 나에게 그가 어둠 속에서 드디어 입을 열었다.

"너 오늘 손님 되게 많이 왔더라."

올 게 왔구나. 마음의 준비는 되어 있었다.

"그렇게 조문을 많이 와주는 걸 보니 네가 그동안 인생을 잘 살았나
보다. 몰랐는데 임경선이 인덕이 있었네."

비아냥이나 질투나 나무람의 흔적은 요만큼도 없이 그는 진심으로
탄복하면서 말했다.

# 10

얼마 전 지하철 역사에서 한 결혼정보회사의 옥외광고를 보았다. 한 집에서 몸을 가까이 맞대며 행복한 시간을 보내는 젊은 커플의 모습이 담겨 있었다. 아마도 광고가 전달하고자 하는 바는 '작금의 코로나 시대에도 결혼을 하면 사랑하는 사람과 얼마든지 안전하게 집에서 꽁냥꽁냥 지낼 수 있으니 얼마나 좋습니까(그러니 결혼정보회사에 와서 상담받고 결혼하세요)!'일 것이다. 시류의 핵심을 꿰뚫은 기발한 아이디어라며 광고주에게 칭찬받았을 대행사 사람들의 모습이 상상이 가고도 남아서 거참 다행이군 싶었지만, 한편으로는 어딜 눈 가리고 아웅인가 싶었다.

코로나 발병지로 지목되는 중국 우한에서는 도시 봉쇄 이후 이혼 신청이 300퍼센트나 증가했다고 한다.

# 11

　남편과 딸은 집에서 뒹굴뒹굴하며 시간을 보내는 것에 아무런 고통을 느끼지 못하는 반면, 나로 말할 것 같으면 아파서 몸져눕지 않는 한, 단 하루도 집에 종일 있지를 못한다. 내 작업 방이 있어도 단골 카페 두세 곳을 전전하며 작업한다. 하루 종일 집에 있으면 숨이 답답하고 어딘가에 갇혀 있는 것만 같다. 감옥에 들어갈 일은 어지간하면 참아야지 하는 생각이 절로 든다.

　"집에 있는 게 얼마나 편안하고 좋은데."

　두 사람은 이런 나의 성정을 이해하지 못한다. 어쩌면 나는 집이라는 물리적 공간보다도 매일 보는 가족에게서 벗어나 혼자 있어야 하는 사람일 수도 있다. 여분의 에너지가 많아 그것을 바깥에서 충분히 소진하지 않으면, 그 에너지가 좋지 않은 형태로 가족들을 향해 분출될 것을 우려하는지도 모른다. 집에 주로 있고 어쩌다 바깥에서 볼일을 보는 게 아니라 주로 바깥에서 일하고 휘뚜루마뚜루 돌아다니다가 쉬러 가는 곳이 나에게는 집이다.

"왔어?"

딸과 아빠는 티브이에 시선을 고정한 채 내 귀가를 확인만 하고 내가 어디서 무엇을 하고 다니는지는 묻지 않는다.

목소리만 들어도, 나 없는 동안, 집돌이와 집순이는 한 발자국도 집 밖으로 나가지 않았다는 것이 명백하다. 셋 중 기질이 유일하게 다른 내가 스스로의 열을 진정시키고 바깥공기를 품고 돌아와야 비로소 이곳의 균형이 맞춰지고 한 차례 환기가 되는 기분이 든다.

# 12

 호시탐탐 집에서 나갈 궁리를 한다 해도 여기에는 암묵적인 규칙이
있다. 결혼생활의 신기한 점 중 하나인 '외출 시 고지'다. 어디에 가는지,
언제 돌아오는지에 대해선 생략해도, 나가는 쪽은 집에 남아 있는 쪽에
게 '나 나간다'라는 사실을 의무적으로 알려야 한다. 말없이 나간들 실
제로 달라지는 것도 없고, 정작 멀리 여행이나 출장을 가서는 공항에
도착했다는 연락 말고는 일절 소식을 전하는 법이 없는데도 그렇다. 비
일상은 그토록 자유롭건만 일상은 사사롭게 구속한다. 집에서 나갈 때
도 그렇지만 귀가할 때도 어쩐지 알려야 할 것만 같다.

 '지금 귀가 중.'
 '오늘 저녁 약속 있어.'
 '뭐 사 갈까?'

 우리는 집을 중심으로 묶인 계약관계.

# 13

"자유롭고 싶어."

침대 위 등 돌리고 누워 있는 남편의 뒷모습에 대고 혼잣말처럼 중얼
거리면 남편은 몸을 틀어 나를 바라보며 난감한 표정을 짓는다. 마치
그 이상 어떻게 자유로워지냐는 듯이.

나와 결혼해 살면서 뭐가 제일 좋냐는 질문에,

"심심하진 않아, 너랑 살면"

이라고 답했으면서.

# 14

'집'이라는 장소가 내게 주는 괴로움 중 한 가지는, 헐벗은 남편의 모습을 봐야 한다는 점이다. 남편은 몸에 열이 많아 대부분의 시간을 트렁크만 입고 지낸다. 집에 돌아오자마자 허물을 다 벗고 집 안을 누비는 모습을 보고 있노라면 나는 얼마 남지 않은 성욕마저 상실한다.

그 모습이 나는 못마땅해도, '자연인' 상태는 그를 행복하게 하는 것 같다. 집은 그 집에 사는 모든 구성원들에게 편해야 하는 곳이고 상대가 행복한 것이 우선이기에 놔두는 것이 옳다. 내가 보기 싫다고 억지로 옷을 입으라고 강요할 수는 없는 것이다. 게다가 난방이 썩 잘되지도 않는 낡은 아파트에서 그렇게 사시사철 벗고 지내고 하물며 거실 맨바닥에 엎드려 잘 수 있다는 것은 그가 한 마리 야생 멧돼지처럼 건강하다는 징표이기도 하다. 지난 20년 동안 남편이 옷을 입은 시간보다 벗은 시간을 훨씬 더 많이, 오래 보았다고 해서, 그것이 섹스한 시간을 의미하진 않지만.

# 15

옷에 관심이 많은 나는 좋아하는 옷 스타일로 남편을 입히는 즐거움을 누리고 싶었지만 그 바람은 이루어지지 않았다. 에르메네질도 제냐Ermenegildo Zegna의 보드랍고 단정한 네이비색 더플코트는 옷장에서 수년째 자리만 차지하고 있다. 그나마 그가 자주 입어주는 것은 내가 여행지에서 사 온 기념품 같은 반팔 티셔츠들이다. 리스본의 트램이나 런던의 해리 포터 로고가 그려진 것들. 옷을 마음껏 선물할 수 있는 건 배우자만의 특권이니 그쯤에서 타협하기로 했다(대신 '안경테'에 있어서 만큼은 강력히 개입한다).

그래도 내가 여전히 포기하지 않고 남편이 아마도 입지 않을 옷을 가끔 사 오거나 비교적 안전한 '관광지 티셔츠'를 사는 것과 달리, 남편은 더 이상 내게 '물건'을 선물하지 않는다. 그것은 아마도 나 때문일 것이고, 지금은 조금 후회하고 있다.

결혼 초기 몇 년만 해도 남편은 외국으로 출장을 갈 때마다(주로 스포츠 경기 취재를 나갔다) 뭔가를 손에 들고 돌아왔는데 그때마다 나는 남편이 사다 준 선물들을 품평하거나 그에 대해 완곡하게 불호를 표현했다.

나의 구체적인 취향에 대해 '건조하게' 정보를 주려는 의도였지만 그것은 내 쪽 사정이었던 것 같다. 그는 몇 차례 같은 상황이 벌어지자 그 다음부터는 나를 실망시키지 않기 위해 내가 요청하지 않는 한 그 어떤 선물도 먼저 사 오지 않았고, 기념일에는 현금을 주었다.

 어차피 그의 돈이 내 돈이고 우리의 돈이라고 친다면 더 이상 내가 사용하지도 않을 싸구려도 명품도 아닌 애매한 퀄리티의 가죽 가방이나, 백화점의 '여성 부티크' 층에서나 볼 법한 누빔 외투나, 공항 면세점 직원의 영업력에 낚여 산 듯한 비누 묶음을 두고 고민하지 않아도 되었다. 불필요하거나 좋아하지 않는 물건은 주변에 두지 않는, 곤도 마리에 못지않은 미니멀리스트인 나로서는 효용이나 가정 경제의 측면에서 분명 좋은 면이 있다. 하지만 자세히 들여다보면 나는 그에게서 아내의 선물을 챙겨야 하는 번잡함을 덜어 그에게 부담을 주지 않는 '손이 덜 가는' 아내가 되었고 결과적으로 그의 관심을 덜 받는 데 성공했을 뿐이다.

 덕분에 몹쓸 광경도 연출되곤 했다.

한번은 내 생일날 그가 아침 일찍 출근하면서 곤히 자는 나를 흔들어 깨웠다.

"생일 축하해. 나 간다."

그러고는 내 베개 옆에 돈 봉투를 툭 올려놨는데, 침대 높이가 낮아서인지, 손에 힘이 과하게 들어갔는지 '올려놨다'기보다 약간 '던졌다'에 가까운 기묘한 장면이 펼쳐졌다. 대체 여긴 어디고 나는 누구인가. 우리는 동시에 웃음이 터졌다.

# 16

    연애를 하면서 크리스마스 선물은 딱 한 번 받아보았다. 연인으로서 우리는 단 한 번의 겨울을 함께 보냈기 때문이다. 크리스마스 일루미네이션이 환하게 밝힌 어느 시내에서 만난 그는 나를 데리고 백화점으로 향했다. 우리가 다다른 곳은 여성 란제리 코너였다. 나는 뺨이 발갛게 달아올랐다.

    여태 스무여 권의 책을 내면서 단 한 번도 속옷을 직접적으로 지칭하는 단어를 써본 적이 없다. 말로도 그 단어를 언급하지 않는다. 평소엔 막말에 뻔뻔스러운 성격인데 희한한 대목에서 부끄럼을 타는 이런 내 모습에 주변의 가까운 이들은 몹시 가증스러워한다. 아무튼 그는 한 손으로는 내 손을 꼭 잡은 채, 매의 눈으로 진지하게 살펴보더니 검정 레이스로 정교하게 만든, 그러나 지탱과 보정의 기능은 도무지 찾아볼 수가 없는 쉐티와 뮤다와 상하의 한 벌을 골라 들었다.

    "어때?"

    손님이 없었던 탓에 다른 란제리 브랜드 매장의 판매원들까지도 일제히 우리 둘의 행보를 지켜보고 있었다. '후후후' 같은 미소를 지으면서. 내가 머뭇거리면서 어쩔 줄을 몰라 하자 엄마뻘로 보이는 담당 판매원이 다가와 눈치껏 거들었다.

"사이즈 드려볼 테니 한번 입어보세요."

손바닥 한 줌에 들어가는 이 천 조각을 여기서 입어본다고?

"네, 그럼요. 당연히 입어보셔야죠."

나는 피팅룸 안으로 떠밀려 들어갔다.

그가 가림막 커튼 사이로 살짝 들여다보았는지, 그러다 아예 피팅룸 안으로 들어왔었는지, 그런 것들은 자세히 기억이 나지 않는다. 아무튼 처음에 고른 그것으로 결정했다(내가 입어본 그것을 다른 사람에게 가져가도록 한다는 건 나로서는 상상할 수가 없었다). 남편(당시 남자친구)이 크리스마스 선물로 사 준 그 한 줌짜리 천 조각을 과대 포장한 쇼핑백에 넣어 들고 어서 그곳에서 빠져나가고 싶어 했던 기억만이 또렷하다. 백화점 입구 회전문을 돌아 밖으로 나오자 한겨울의 차가운 공기가 열에 달뜬 뺨을 서서히 식혀주었다.

하지만 제정신으로 돌아온 것도 잠시, 그날 밤, 그러니까 함께 보낼 크리스마스이브에, 대체 선물로 받은 이 천 조각을 몸에 걸쳐야 하는 건지 말아야 하는 건지 나는 또 한번 어질어질했다.

그에게 과거 여자친구에 대해 딱 한 번 물은 적이 있다.

서른 중반의 남자가 경험했을 평균치 정도의 연애를 했다는 것은 알고 있었다. 몇몇은 미모의 측면에서 선망받는 직업을 가진 여자들이었지만 그것들은 별반 나의 흥미를 끌지 못했다. 나의 관심을 끈 건 단 한 사람이었다. 이유는 두 가지였는데, 하나는 사귈 당시 그녀가 이름을 대면 누구나 알 만한 국가 산하 정보기관에서 일하고 있었기 때문이다.

내게는 그녀와 같은 직장에 다니던 친한 여자 후배가 있었다. 물론 그 후배는 사규에 따라 자신이 어느 부서에서 무슨 일을 담당하는지에 대해서는 말한 적이 없었다. 한데 어느 날 쓱 지나가듯 이렇게 말하는 것이었다.

"언니, 살면서 언니가 정말 열받는 일이 생겨서 이 인간만큼은 손 좀 봐줘야겠다는 생각이 들면, 그 이름 딱 한 번만 나한테 대줘봐."

아무렇지도 않은 듯 가벼운 말투였지만, 눈초리는 날카로웠다. 더 자세히 그 메커니즘을 캐묻고 싶었지만 어쩐지 물어보면 후배도 곤란하고 무서운 일에 휘말릴 것 같아 관뒀다. 하지만 그 처음이자 마지막 카드를 쓸 기회가 오기도 전에, 아쉽게도 후배는 그 모든 잿빛 비밀들과 함께 뿌연 안개처럼 내 앞에서 사라지고 말았다. 으, 아쉬워.

또 하나의 이유는 그 둘이 7년이라는 (내 기준) 매우 오랜 기간을 사귀었기 때문이다. 그것도 학생 시절부터 직장인 시절에 이르기까지. 어떻게 한 사람하고 7년씩이나 연애를 할 수가 있지? 20년 결혼생활 하는 것보다 열 배는 더 어려워 보인다. 그리고 보통 그런 식으로 가면 그 시절엔 대체로 결혼까지 가기 마련이었다.

"그런데 왜 안 했어?"

나는 현재의 신분을 망각하고 나무라는 투로 쏘아붙였다.

"내가 원래 결혼 자체를 할 생각이 없었어."

자신은 줄곧 독신주의였다고 주장한다.

"그래도 그렇게 오래 만났으니 여자친구 입장에선 내심 바라지 않았을까?"

"처음부터 결혼은 안 한다고 말해두었어."

7년을 사귀고도 자신의 신념을 관철시킨 탓에 여자 쪽에서 먼저 이별을 고했다고 한다. 자, 잠깐. 이건 내가 소설에 등장시켰던 '선택권을 여자에게 양도하며 배려하는 척하지만 실은 스스로 아무 결정도 내리지 않아 책임을 회피하는 몹쓸 남자'가 아니던가.

그리고 당연한 수순으로 이어지는 의문은 '그럼 왜 나하고는 3주 만나고서 결혼하기로 했는가'였다. 나는 진짜 궁금했다. 하지만 그 질문은 자칫 우쭐해 하는 의도로 들릴 것도 같고 일단 너무 위악적이어서 관뒀다. 행여 '너를 그만큼 너무 사랑해서' '네가 지나치게 매력적이어서' 같은 말을 하기라도 했다가는 나는 그가 인간적으로 싫어질 것 같았다. 그래도 부모님께 보여드린 첫 여자가 나뿐이었다는 점을 고려하면 독신주의였다는 그의 말이 괜한 말은 아니었던 것 같다. 정보기관에

근무하던 과거의 여자친구분도, 내가 후배에게 들은 게 정확하다면, 마음만 먹으면 대한민국의 누구 하나쯤은 손을 봐줄 수 있었을지도 모르는데 아직도 이 인간이 무사히 살아 숨 쉬고 있는 걸 보면 7년간 아주 많이 밉보이지는 않았을지도 모르겠다.

시간이 어느 정도 흐르자 '왜 나하고는 고작 3주 만나고서 청혼했는지'에 대한 번뜩한 깨달음이 왔다. 2단계 추론은 간단명료했다.

1) 당시 내게 결혼을 전제로 만나던 남자가 있어서 심리적으로 쫓긴 나머지 빨리 결단을 내려야 했다.
2) 3주 만에 결혼하기로 했기 때문에 우리는 결혼을 한 것이다.

이게 무슨 말이냐 하면—

1) 장애물이 존재하지 않았더라면 우리는 느긋하게 연애를 했을 공산이 크다.

2) 느긋하게 만나다 보면 석 달도 채우지 못하고 여러 '안 맞음' 때문에 헤어졌을 것이다(자세한 이유는 책 앞부분의 '안 맞음과 인격 수양' 이야기를 참고하면 된다).

결혼?

죽었다 깨어나도 거기까진 안 갔을 것이다.

이 무슨 인연과 운명의 장난인지.

# 18

20대 시절의 지인을 40대에 만나면 그사이 외모의 변화를 보고 충격을 받을 때가 간혹 있는데(피차일반이다) 아마 국가 정보기관의 그 여자분도 지금의 전 남자친구를 보면 깜짝 놀라⋯ 아니 아예 못 알아볼지도 모른다. 부부는 어쩔 수 없이 매일 서로를 거울처럼 보고 살기에 변화에 대한 인식이 둔하다. 배우자의 외모에 대해 무감각해지는 것은 필연이고 아내의 헤어스타일이 달라져도 남편이 눈치채지 못하는 일도 새삼스럽지 않다.

남편도 나이와 함께 뱃살과 탈모를 공히 삶의 동반자로 맞게 되었다. 그 또래의 모든 남자들이 그들과 벗하는 것은 아니지만. 가령 나는 남편과 얼추 동갑인 (남자)친구들이 몇 있는데 그들은 살이 찌지도 머리가 빠지지도 않았다. 반면 남편은 두 가지 다 당첨이다. 확인되지 않은 설에 의하면 남자들은 탈모와 뱃살 중에 탈모를 더 괴로워한다고 하던데 남편한테도 탈모가 유달리 더 미움을 받는 느낌이기는 하다. 나로 말할 것 같으면 그 두 가지에 아무런 유감이 없다. 집 밖의 탈모인과 비만인들에게 조금 더 너그러워졌을 뿐이다.

어쩌다 뒷모습이 사진에 찍히게 되면, 그는 정수리가 훤한 자기 뒤통수를 보고 극심한 충격을 호소한다. 일부러 괴롭히려고 사진을 찍어 보여준 것은 아니다. 머리카락이란 원래 변덕이 심한 법이다. 뒤통수가 오랜 시간 짓눌리면 자기들끼리 몇 무리로 분열해 공터를 더 허하게 보이게 한다. 반면 샤워 후 자연 건조 시키면 머리카락 한 올 한 올이 힘차게 살아나면서 빈 곳을 가리는 데 보다 협조적이다.

"영국 윌리엄 왕자도 대머리잖아. 포기해."

장차 대영제국의 왕이 될 남자도 탈모에 대해서만큼은 어떻게 하질 못하고 있다.

"일루 와서 누워봐."

나는 귀이개와 면봉, 작은 가위 등의 장비를 가지고 소파에 앉아 쓸쓸한 모양을 한 그의 머리통을 내 무릎 위로 불러들인다. 면적이 크니 무겁기는 또 얼마나 무거운지. 옆으로 누우니 뱃살이 화산 마그마처럼 흘러내린다. 그러거나 말거나 나는 해야만 하는 일을 한다.

　귓속에 자란 잔털을 다듬고 귓속을 한번 파고 후우— 입바람을 그 안에 불어준다. 1밀리미터의 오차 없이 상처 하나 내지 않고 털을 다듬고, 면봉에 그 무엇이 묻어 나와도 더럽다고 생각하지 않는다. 또 한번 파내고서 후우— 후우— 입바람을 이번에는 두 번 분다. 두 번째 건 서비스다. 남편은 구부렸던 무릎에 점점 힘을 빼며 잠시 탈모의 비애를 잊는다. 그러고는 방학식을 마치고 방금 집에 돌아온 소년처럼 해맑은 표정으로 눈을 감는다.

# 19

탈모와 뱃살을 벗하며 살고 있다 해도 앞서 말했듯이 그는 한 마리의 야생 멧돼지처럼 건강하다. 아마도 내가 아는 사람들 중 가장 건강하다고 해도 과언이 아닐 것이다. 그는 여태껏 단 한 번도 병원 신세를 진 적이 없다. 입원이나 수술을 받은 적도 없고(네, 그 수술까지), 과로로 링거를 맞은 적도, 한약을 먹은 적도 없고, 감기에 걸린 모습도 거의 보지 못했다. 설령 걸렸다 해도 감기약을 거부하고 하루 이틀 끙끙 앓는 게 전부다. 그의 건강이 여러모로 고맙고 다행스럽지만 내가 두루 몸이 아플 때 전혀 공감해주지 못할 것이라는 사실에 옅은 서러움도 느낀다.

병력이라는 것 자체가 없기 때문에 보험에 가입하기 유리한 조건이면서도 그는 암보험이나 생명보험에 일절 가입하지 않았다. 이것은 집안 내력과 인생관에 관련이 있기도 한데 시가 부모님들도 보험에 든 적이 없었고, 그는 귀찮고 복잡한 것이 싫은 사람인 데다가 타인이 제시하는 '안정'이나 '보장'이라는 개념을 신뢰하지 않았다.

하지만 결정적 원인은 한 생명보험 티브이 광고가 제공했다. 대략의 광고 콘티는 이러하다.

"10억을 받았습니다."

이 카피 하나에 일단 모두의 시선이 집중된다. 그리고 여기, 남편을 황망하게 잃은 슬픔과 앞으로 혼자 어린아이를 키울 막막함에 절망하던 한 젊고 아름다운 미망인이 있다. 그녀 앞에 매끈하게 잘생긴, 게다가 젊디 젊은 남자 보험설계사가 다가와 걱정하지 말라며 위로를 건넨다. 장면이 바뀌고 뭐가 그리 잘 해결되었는지 미녀 미망인과 미남 보험설계사는 한결 친해진 모습으로 서로를 마주 보며 함께 웃는다…

"뭐야, 저 둘이 연애해? 둘이 짜고 치고 남편 사고사로 위장해서 보험금 타먹은 거 아냐?"

나는 천박한 웃음을 터트리며 추임새를 넣었지만 옆에 앉은 남편의 낯빛은 진지하고 어두웠다. 그 후로 남편은 그 광고가 나올 때마다 짜증을 냈다. 아무래도 나는 죽을 때까지 내 몫의 밥벌이를 해야 할 것 같다.

# 20

내가 작가가 된 데에는 은연중에 남편의 영향이 크지 않았을까 생각한다. 같이 사는 사람이 책을 무척 좋아하는 사람이라는 사실을 아무래도 무시하지 못할 것 같다. 나는 책을 읽으면 극소수의 책만 남겨두고 처분하는데, 남편은 버리지 않고 쌓아두는 타입이라 우리 집 책장의 책들 중 대부분은 남편의 책이다. 나와 달리 '쉽게 무언가를 버리지 못하는' 성정인 것이다.

외관상으로만 보면 집구석에 절대 붙어 있지 않고 틈만 나면 등산과 낚시, 캠핑 등 아웃도어에 열광할 것 같지만 실상은 집 거실 소파에서 빈둥빈둥 책을 읽고 지내는 남편이다. 짧았던 연애 시절, 퇴근하고 만나러 가면, 카페에 먼저 도착해 있던 그는 늘 책을 읽고 있었다. 내가 먼저 도착해 있으면 그 뒤로 허둥지둥 책을 겨드랑이에 끼고서 카페 안으로 들어왔다. 솔직히 처음엔 약간의 '설정'인 줄 알았다. 하지만 지금도 그는 외출을 할 때면 그 어디라도 책을 가지고 다닌다. 지하철역에 내려 마을버스를 기다리는 그 짧은 시간에도, 내가 대학병원 MRI 검사를 받는 동안에도, 그는 책을 읽는다. 어쩌면 책으로 가득한 집과 늘 책을 끼고 사는 남자 덕분에 내가 자연스럽게 저술업에 발을 디디고, 지금도

이 일을 계속하는지도 모르겠다. 직업이 직업이라 남편에게 책 좀 그만 사라고 말도 못 한다.

정말이지, 남편은 책을 많이 사들인다. 그것도 인터넷 서점과 미국과 일본 아마존닷컴, 알라딘 중고서점은 물론 쉬는 날엔 초등학생처럼 배낭을 메고 동대문 헌책방 거리를 누빈다. 속초의 유서 깊은 '동아서점'의 김영건 사장님도 인스타그램 사진으로 우리 집 거실 책장을 보더니 "저희 서점보다도 마블MARVEL 시리즈가 많네요"라고 혀를 찼다. 그나마 광화문으로 이사 온 후론, 가까이에 공립도서관이 있어 책이 대책 없이 늘어나지는 않고 있다. 에코백이 찢어져나갈 정도로 내 대출카드까지 빌려 책을 대출 한도까지 꽉 채워 담아 오니까.

이쯤에서 남편이 빌린 책 목록을 한번 살펴보도록 하자.

- 26일 동안의 광복: 1945년 8월 15일-9월 9일, 한반도의 오늘을 결정지은 시간들
- 정도전: 이병주 장편소설
- 선비, 사무라이 사회를 관찰하다

- 우리가 무관심할 때 괴물은 깨어난다: 정치 오타쿠 이작가의 직설 혹은 독설
- 고백하는 사람들: 자서전과 이력서로 본 북한의 해방과 혁명, 1945~1950
- 짐 모리슨: 라이트 마이 파이어
- 독립혁명가 김원봉
- 스포츠 커뮤니케이션
- 심야식당 에센스
- 좌파 문화권력 3인방: 백낙청·리영희·조정래 비판
- K-POP의 고향 동두천

예전에는 이따금 '대체 누가 이런 책을 사 볼까' 싶은 궁금증도 생기곤 했는데 그 궁금증은 결혼 후 자연스레 풀렸다. 그의 관심사가 카메라나 오디오가 아니라 고작 '책'이라는 점을 다행으로 여기기로 한다.

요새는 온라인 중고서점의 개인 간 직거래에 눈을 뜨게 된 것 같다. 가끔 느낌이 묘한 택배 상자를 받으면 여지없이 남편의 이름이 써 있고, 그는 뭐가 그리 떳떳하지 않은지 어김없이 내가 안 보이는 곳에서 언박싱을 한다. 어쩌면 그는 엄지와 검지 끝으로 페이지를 넘기는 맛을 잠시

느끼다가, 페이지와 페이지 사이 깊이 파인 곳을 킁킁 냄새 맡아본 다음, 책장의 기존 책들 사이사이에 숨겨두는지도 모르겠다.

# 21

가끔 "어머, 결혼하셨어요?"라며 깜짝 놀라는 사람들을 만난다. 아이가 있다고 해도 놀라지만 그보다는 '현재 결혼한 상태'라는 점에 눈동자가 더 커진다. 짐작하기로는 '가정'이나 '생활'이 느껴지지 않는 글이나 방송에서의 말투 때문인 것 같다.

한 남자와 오랜 시간 결혼생활을 유지하고 있다는 것을 알면, 상대는 보통 이런 질문으로 넘어간다.

"남편분은 작가님 책을 읽고 뭐라고… 안 하세요?"

이렇게 질문하는 이유는 책에 과거의 연애에 대해서도 썼고, 현재의 (남자)친구들에 대해서도 썼고, 결혼한 여자가 다른 남자와 사랑에 빠지는 내용의 소설도 썼기 때문일 것이다.

"남편은 제가 쓴 책들 안 읽어요. 〈엄마와 연애할 때〉와 〈다정한 구원〉 만 읽었고요."

다른 사람들은 내 말을 믿지 않았지만, 나는 남편의 말을 믿었다. 그리고 배우자가 읽는지 안 읽는지를 일일이 신경 써가면서 글을 쓸 바에는 아예 작가 따위 때려치우는 게 낫다.

아니 그 이전에, 그 모든 '남편분이 봐도 되겠어요?'적인 책과 글들은 사실 남편이라는 존재가 있어서 쓸 수 있었다. 그의 눈치가 보여 쓰지 못할 뻔했던 글들이 아니라, 애초에 그의 존재가 야기시킨 글들인 것이다.

# 22

　사랑을 주제로 한 소설을 쓰는 동안에는 가급적 집에서 탈출해야 한다. 물리적으로, 심리적으로. 남편과 아이로부터. 가정과 생활의 그 모든 것들로부터.

　가족과 함께 있으면서도 나는 껍데기뿐인 사람으로 지냈다. 그렇지 않고서는 소설의 세계 속에서 1년씩이나 살 수가 없다. 소설을 쓸 때 내 영혼은 어쩔 수 없이 소설의 세계가 차지한다. 다만 껍데기뿐이라도 관성의 힘을 빌려 몸은 가급적 가정에서 맡은 역할을 효율적으로 처리하려고 애쓴다. 가끔은 애쓰는 것조차 하기가 싫지만.

　남편이 자신의 페이스북에 내 신간을 소개하며 올린 글을 읽었다.

"아내가 새 소설을 냈다. (중략) 나는 아내가 쓴 소설을 읽어본 적이 없다. 에세이를 포함해 그이가 쓴 스무여 권의 책 가운데 딱 두 권을 봤다. 그 책에는 우리 딸이 주요 등장인물이어서였다. 그래도 벌써 다섯 번째 소설이니 나름 고정 팬은 몇 분 있지 않나 싶다. 아내가 건강하게 오래 글을 썼으면 좋겠다. 아내가 책을 내느라 정신이 없을 때가 나도 편하기 때문이다."

　마지막 문장은 작가의 남편으로 사는 남자만이 할 수 있는 투정이자 복수일 것이다. 나는 가끔 순하고 덜 예민한 여자가 그의 아내였다면 참 좋았을 것을, 이라며 내 일처럼 안타까워한다.

# 23

    식물을 작정하고 키우게 된 것은 반려동물을 들이는 것을 참기 위해서였다. 고양이를 들이고 싶었지만 딸에게 심한 고양이 알레르기가 있었고 강아지는 10년 동안 키운 적이 있어서 그것이 기쁜 동시에 얼마나 손이 많이 가는 일인지를 이미 너무 잘 알고 있었다. 게다가 나는 집에 잘 못 있는 성질의 인간이고, 여전히 일 욕심이 많고, 생명을 가진 존재와 함께하는 일은 벅차도록 행복하지만 본질적으로는 무거운 일이다.

    그랬던 내가 언젠가부터 #유기견입양 #유기견입양공고를 검색어로 지정하게 되었고, 몇 달 후 한 아이가 내 눈에 쏙 들어오고 말았다. 안락사를 앞두고 임시 보호처를 구하는 아이였다. 먼저 거실 소파에 누워서 책을 읽던 남편에게 가서 임시 보호로 데려오면 어떻겠냐고 조심스레 물었다. 반려동물을 다시 들이는 것을 남편은 썩 원치 않아 한다는 것을 알고 있었지만 최대한 대수롭지 않은 척 건조하게 물었다. 그는 "개인적으로 찬성은 아니지만 딸에게 물어보고 결정하시라"고 답했다. 눈에 밟히는 그 아이를 내일이면 데리러 갈 수 있겠구나, 가슴이 두근거렸다.

    그런데 웬걸. 방에서 숙제를 하던 딸은 강아지의 사진을 보는 둥 마는 둥 하더니 단칼에 반대표를 던졌다. 한동안 강아지를 키우자고 먼저 졸라대던 아이였다. 충격을 받아 안방으로 들어가 드러누웠다.

분위기를 눈치챈 남편이 조금 있다가 침실로 따라 들어와 내 동정을 살폈다.

"뭐야… 왜 울어…"

이불을 머리끝까지 올리고 있던 나는 그에게서 등을 돌리고 몸을 한껏 웅크렸다. 눈물이 더더욱 철철 흘러나왔다. 내가 울 거라는 징조를 귀신같이 알아채는 사람. 내가 울면 대부분의 경우 한심하고 귀여워하는 사람. 남편은 내 등에 바짝 붙어 눕더니 껄껄 웃으며 말했다.

"너가 작가 맞네."

어찌 보면 아무렇지도 않을 일에 혼자 서럽게 흐느끼는 내가 그저 신기한 사람.

"이렇게 감정이 깊으니까 작가 하는 거겠지."

처음으로 남편이 나를 작가로 공식 인정한 날.

# 24

남편의 오랜 꿈은 서점 주인이 되는 것이다. 사실 이는 책을 좋아하는 수많은 이들의 공통된 로망이기도 할 것이다. 정작 출판계의 현실과 서점 주인들의 사정을 가까이 두루 아는 나는 서점 주인이라는 직업이 얼마나 험난한지를 알고 있다. 그래서 남편이 입버릇처럼 "우리 책방 낼까" "어차피 책을 이렇게 많이 사 보는데…" 같은 말을 뇌까리면 나는 말없이 웃고 넘겨왔다. 하지만 20년 넘게 다닌 신문사를 그만둔 남편이 다음 직장을 알아보면서 동시에 서점을 여는 것에 대해 진지하게 접근하자 나는 더 이상은 예전처럼 웃고 넘길 수가 없었다.

행여 이런 사태가 벌어질 가능성을 대비해 미리 사 둔 브로드컬리 편집부의 〈서울의 3년 이하 서점들: 책 팔아서 먹고살 수 있느냐고 묻는다면?〉과 〈서울의 3년 이하 서점들: 솔직히 책이 정말 팔릴 거라 생각했나?〉, 그리고 독립서점 폐업기를 가감 없이 담은 송은정 작가의 〈오늘, 책방을 닫았습니다〉를 스윽 그에게 내밀었다. 우리 집 상황을 전해 들은 제주 성산리 '책방 무사'의 요조 사장도 "언니, 여차하면 내가 형부를 말릴게요!"라고 소매를 걷어붙였다.

내가 아무리 자고로 서점이라는 곳은 '손님이 없을 때는 책이나 읽고 지내면 되지'가 말이 안 되도록 자잘한 업무들이 많고, 하루에 책 한 권도 팔리지 않는 날이 있고, 출판은 불황의 늪에서 좀체 빠져나올 기미가 보이지 않으며, 서점을 하면 돈을 버는 게 아니라 돈을 갖다 바치면서 운영해야 할지도 모른다고 설명해도, 별 소용 없었다. 책을 사랑하는 이들에게 서점 운영은 '망하더라도 한번 해보고서 망하고 싶은 그 무엇'이니까. 한 사람이 오래도록 쌓아온 내면의 열망 앞에서는 이성적이고 합리적인 이유 따윈 무력하기 그지없다.

체념은 내가 하는 수밖에 없었다.

"좋아. 서점을 그렇게까지 내고 싶으면 그렇게 해. 대신 당신이 서점을 내면 나는 저술업을 그만두는 게 나을 것 같아. 작가의 남편이 서점 운영하는 거, 내 미의식에는 조금 맞지 않거든."

더 이상 그 어떤 말로도 나는 남편의 꿈을 말릴 수가 없었다… 그의 인격을 존중한다면 말려서도 안 되었다… 그래도 다른 사업 하겠다고 나서는 것보다야 낫겠지… 그나저나 서점 오픈하면 홍보는 역시 나의 몫인가!! 머릿속에 온갖 잡생각들이 꼬리에 꼬리를 물고 있는데 남편이 담담하게 그 생각의 고리를 뚝 끊어버렸다.

"그래? 그럼 나중에 차릴게. 네가 글 그만 쓰게 되면."

사건 종료(Case Closed).
.........
아니, 내가 아무리 그간 숱한 이유와 자료를 갖다 보이고 뜯어말려도 귀담아듣질 않더니! 다리의 힘이 일시에 확 풀려버렸다.

내가 작가가 된 데에는 은연중에 남편의 영향이 크지 않았을까 생각 한다고 앞에서 말한바, 그는 작가로 버텨나가는 데에도 이처럼 혁혁한 공을 세우고 있다.

# 25

　남편을 처음 만났을 때 나는 작가가 아니었다. 그는 한 스포츠 신문
사의 기자였고 나는 IT벤처회사를 다니는 직장인이었다. 그를 좋아하
게 된 데에 직업이 영향을 미쳤을까? 전혀. 나는 남자를 볼 때 조건은
따져본 적이 없다. 얼마나 조건을 보지 않았는지에 대해서는… 으음, 이
건 말하지 않는 편이 낫겠다. 아무튼 굳이 말하자면 나는 직업상 기자
들을 접할 기회가 많아 기자라면 아주 지긋지긋한 상태였으니, 역으로
'기자치고는 괜찮네'가 첫 단추가 된 셈이다.

　스포츠 부서에서 주로 일했지만 나를 만날 당시 그는 연예부 소속이
었다. 가끔 그가 스캔들이 터진 여자 배우의 집 앞에서 잠복근무 같은
것을 하고 나면, 나는 그가 들려주는 뒷이야기들을 즐겁게 듣곤 했다.
하지만 그가 연애 상대에서 결혼 상대로 바뀌자 그의 직업은 친정 식구
들에게 하나의 '연구 대상'으로 다가왔다. 그들은 나 때문에 난생처음
'스포츠 신문'이라는 것을 사서는, 그가 쓴 기사가 어디 있는지를 살폈
다. 나는 집에다 '이 남자와 결혼하겠다' 공표하는 순간까지도 결혼 상
대의 부모가 어떤 일을 했는지, 어느 동네에 사는지, 형제가 어떻게 되
는지, 어느 대학을 나왔는지, 집에 돈이 있는지 없는지 같은 것들에 대

해 완벽하게 무지했다. 나를 추궁해봤자 나올 것이 없다는 것을 알게 된 가족들이 선택한 차선의 방법이었다.

마침내 친정 식구들이 그 날짜 스포츠 신문을 샅샅이 뒤져 단 하나 찾아낸 남편의 기사는 바로 〈이 주의 추천 비디오〉였는데 하필이면 추천 목록에 올린 비디오 세 개 중 '메인'으로 큼지막하게 다룬 것이 에로 영화 비디오였다. 평생 공무원의 아내로 살아온 우리 엄마는 입에 거품을 물고 앓아누웠다.

그로부터 20년이 흘렀다. 눈에 불을 켜고 신문을 뒤지던 엄마는 우리가 결혼하고 불과 2년 후에 돌아가셨기에 막내 사위가 이제는 당신의 남편처럼 무난한 공무원이 되었다는 사실을 알 길이 없다. 수염을 산적처럼 덥수룩하게 기르던 그는 이제 일요일 오후면 깨끗이 면도를 한다. 티셔츠와 청바지, 운동화를 신고 다니다가 하루아침에 무색무취의 셔츠와 양복을 입고 어둑한 새벽에 집을 나간다.

# 26

사람이 살면서 친한 사람들을 한꺼번에 만날 수 있는 경우는 의외로 그리 흔하지가 않다. 그런 의미에서 나는 결혼식이라는 행사가 사실 꽤 즐거웠다. 그리고 그날만큼은 모두가 나에게 한층 다정하고 친절하다.

일생의 행사 중에 또 이렇게 내가 좋아하는 사람들이 모여주는 일은 (자식이 있다면) 아이의 돌잔치와 부모님의 장례식, (자식이 있다면) 아이의 결혼식, 그리고 본인 상이 있을 터인데 아이 돌잔치 때는 돌쟁이 건사하며 인사하고 다니느라 세상 번잡스럽고, 부모님의 장례를 치를 때는 아무리 그래도 마냥 즐거워할 수는 없다. 자식의 결혼식은 일단 그때까지 살아 있을지를 장담할 수가 없고 이 또한 즐겁기보단 쓸쓸할 것 같고, 마지막으로 본인 상은… 그 후에 뭘 하든 내가 알 바가 아니다.

결혼식이 즐거웠던 것은 주례 선생님(이날이 그의 주례 데뷔전이었다)의 말씀이 너무 웃겨서였는데 나는 그 앞에 흰색 부케를 들고 서서 터져 나오는 웃음을 참느라 양어깨를 쉴 새 없이 들썩거렸다. 뒤에서 보던 하객들은 신부가 내내 감정에 북받쳐서 울고 있다고 착각했다. 보통은 '이제까지 키워주신 부모님들께…' 대목에서 울컥 눈물이 쏟아지기 마련이고 나는 평소 눈물이 많았지만, 결혼 전 한동안 부모님과 떨어져 살아 '집을 나왔다'는 실감이 없어서인지 슬픈 감정이 들지는 않았다. '이런 즐거운 행사라면 앞으로도 얼마든지 할 수 있겠어' 같은 마음으로 결혼식 내내 웃고 있었다.

　정작 우는 사람은 따로 있었다. 남편의 중고등학교 친구들의 증언에 따르면 '장인어른분'(당시 60세)이 예식이 끝나자 주차장 쪽으로 혼자 걸어 나가 몰래 숨어 눈물을 훔치고 계셨다고 한다. 내가 눈물이 많은 것은 아빠 딸이기 때문인 것 같다.

# 27

    석 달도 되지 않아 결혼식을 올린다고 하니 하도 주위 사람들이 매번 같은 질문을 해서 아예 그 경위를 설명하는 8p짜리 소책자 청첩장을 만들었다. 남편은 나를 만나게 된 정황에 대해 쓰고, 나는 청혼받은 날의 풍경에 대해 썼다.

    다시 읽어보면 역시 결혼은 제정신으로 하는 것이 아니구나, 하는 생각이 든다. 얼굴 화끈거림을 무릅쓰고 공개하기로 한다.

우 리 들 의 이 야 기 입 니 다

**경선이를 처음 본 것**은 1년전 삼성동 근처의 근사한 카페였습니다.

당시 한창 공격적인 마케팅으로 이름을 떨치던 경매사이트 와와의 파티 현장이였죠. 쿨탱의 초대로 지인들과 카페 2층에 자리잡은 나는 1층에서 벌어지는 광란(?)의 파티현장을 그저 남의 집 보듯 물끄러미 바라보고만 있었습니다. 한데 섹시한 드레스 요란한 헤어스타일을 한 채 좌중을 휘어잡는 이가 하나 눈에 띄더랍니다. 파티를 주관하던 이른바 와와 마담이었는데요 바로 임마담이라고 합디다.

일찍이 그녀의 위명은 익히 들었던 터라 '명불허전이로고. 과연 누가 저런 여인네를 감당할 수 있을까. 참으로 엄청난 놈이겠구나' 절로 그런 생각이 스쳐 지나갔죠.

**경선이와 처음 이야기를 나눈 건**

그해 여름 홍대앞에서였습니다.

대여섯명의 사람이 친목도 다질 겸 일도 한번 벌여볼 겸 저녁식사와 데킬라로 이어지는 자리를 가졌지요. 마주앉게 된 경선과 보통 첫만남마냥 명함을 교환하고는 글쎄요 별다른 대화를 나눈 것 같지는 않습니다.

모임의 취지가 일과 연관이 돼 서로 딴 생각을 했기 때문일까요.

우연이 운명이 되었습니다

**경선이를 진짜로 처음 만난 것**은 겨울이 다가오던 11월 20일. 소공동의 한 일식집이었습니다. 여름의 모임을 주선했던 한 선배가 다시 만든 저녁자리에서, 아 물론 이때는 일과 전혀 상관없는 그냥 놀자는 자리였지요. 경선이는 다시 우연히도 내 앞에 앉아있었고 이런, 몇 달만의 만남에 얼굴을 잊어버린 나는 두번째 명함을 건네는 실수를 했지요. 잠시 눈을 흘기는 경선의 모습을 보고 아차는 했지만 어쩌면 작은 실수를 만회

하려고 '너무 예뻐져서 못 알아봤다' 는 등 계획에도 없던 덕담을 늘어 놓다보니 그만 한 순간에 친해져 버린 것 같은 착각이 들더군요.

그 순간 이후에는 우리가 서로에 대한 운명임을 느끼는데 그리 긴 시간이 필요하지 않았습니다.

세상에 지금 생각하니 말이죠 그 엄청난 놈이 저였을 줄을 누가 알았겠습니까..

※ 당시 나는 마케팅업무를 총괄하는 동시에 커뮤니티 섹션에서 입 거친 단콜 바 마담으로 가장, 온라인 인생 상담 코너를 맡고 있었다. 나는 '업무의 일환'으로 저랬던 것이다.

12월 10일... 그 날은 초겨울임에도 불구 유달리 추운 밤이었습니다. 꽁꽁 얼어붙은 손으로 저녁에 그를 만나러 가던 저는 유난히 상기되어 있었습니다. 전날밤 엄마에게 **「사랑하는 남자가 생겼다」**라고 놀래켜드렸기 때문이지요.

저녁을 시킨 후 그와 마주앉아 간밤의 상황을 보고 했습니다. 헌데 왠걸 그의 첫마디는 **「당황스럽다」**였습니다. 만난지 고작 3주째였거든요.

어색한 정적이 흘렀습니다. 저는 얼굴이 일그러지며 고개를 차마 들지 못했습니다.

기나긴 침묵 후 그는 입을 열어 "너가 이런 말 하면 싫어할 수도 있는데…"라고 했고 저는 엉겁결에 "아무 말도 하지마. 제발 그만해"라고 말문을 확 막아버렸습니다. 그리고 저도 모르게 눈에서 눈물을 줄줄 나오고 있더라구요.

먹을 만큼 먹은 29살의 저는 그간 비슷한 말투의 시작을 들은 바 있었고 그 이음말은 대부분 "너무 성급해지지 말자" 혹은 "편하게 만나지 뭐"이기 때문입니다. 아찔해 하며, 한참을 뭐가 그리 서러워서 꺼이꺼이 흐느끼는 저를 그는 어쩔 줄 모르며 쳐다보고 있었습니다.

**"너 왜 우니?** 내가 무슨 말 하려 했는지 알아?". 전 그제서야 고개를 간신히 들어 "

너무나 사랑하게 되었습니다

뭘 무슨 말을 해? 뻔하지"라며 상처받을 채비를 끝냈습니다. 그러자 심호흡을 크게 들이킨 그가, "바보야, 아까 하려던 얘기는… **'경선아, 나와 결혼해줄래?'**라는 말이었어. 너가 들으면 싫어할꺼라는 얘기는 넌 항상 청혼은 남자가 무릎꿇고 정식으로 하는 거라 했었잖아"

숨이 막혀버릴 것 같았습니다. 정말 바보처럼 또 펑펑 울어버렸지요. 그는 다시 "너… 내 청혼인데 대답 안해줄꺼야?"라며 계면쩍은 듯 웃었습니다. 그리고 저는 눈물을

멈추고 자세를 가다듬고 대답했습니다. "모자라고 부족한 저지만, 최선을 다해 오빠의 좋은 아내가 될께요."라고.

그 시간과 공간은 마법에 걸린걸까요? 마치 왕가위영화처럼 우리 둘만이 선명하게 보이고 주변의 모든 것은 네온불빛이 휭휭 돌듯, 순간이 정지된 채 영원한 것처럼 느껴졌습니다. 태어나서 가장 가슴 벅찼던 순간이었습니다.

100번을 다시 태어난다 해도 YES, I DO 저는 당신의 아내가 될 것입니다.

이제 평생을 함께 하려 합니다

## 초대의 글

빠리의 새벽, 갓구운 빵 사러가기
라마즈 호흡법은 꼭 함께 배우러 다닐 것
딸이면 총명하고 씩씩한 멋진 레이디,
아들이면 용기있고 따뜻한 사람이기를
언젠가 꼭 함께 쓸 우리의 책
그리고 서로를 향한 깊은 믿음은 영원히.

저희가 약속한 소박한 꿈들입니다.
이 꿈들을 이루기 위해 저희가 하나되는 날
부디 오셔서 많이 축복해 주세요.

일 시 | 2001년 3월 11일(일) 오후 1시
장 소 | 양재동 외교안보연구원 강당
약 도

Wedding Invitation

실은 책에 이 청첩장을 실을까 말까 많은 고민을 했다. 이 시대 역행적인 글귀들은 다 뭐란 말인가.

'광란의 파티 현장'
'임 마담'
'먹을 만큼 먹은 29살'
'넌 항상 청혼은 남자가 무릎 꿇고 정식으로 하는 거라 했었잖아.'
'라마즈 호흡법'
'레이디'
'모자라고 부족한 저지만, 최선을 다해 오빠의 좋은 아내가 될게요.'

우웩.

아무쪼록 20년 전에 쓰여진 글귀임을 감안하고 봐주시길 청한다. 민망하고 부끄러워도 공개하는 이유는, 이것이 지울 길 없는 역사이고, 우리는 진화하기 때문이다.

오글거리는 글귀들도 견디기 힘든 건 마찬가지였다. 뭐가 그리 신나서 일러스트까지 직접 그렸는지 모르겠다. 당시 이 청첩장을 받아본 사람들이 속으로 비웃었다 해도 할 말이 없다.


'서로에 대한 운명임을 느끼는 데 그리 긴 시간이 필요하지 않았다.'
'너무나 사랑하게 되었습니다.'
'빠리의 새벽, 갓 구운 빵 사러 가기'
'서로를 향한 깊은 믿음은 영원히'
'100번을 다시 태어난다 해도 나는 당신의 아내가 될 것입니다.'


정말이지 내 눈을 의심하며 몇 번을 반복해서 저 부분을 읽었다.
100번을 다시 태어난다 해도…
백 번을 다시 태어난다 해도…


…쳐돌았나.
100번을 결혼해도 같은 남자라니.
100번을 혼들린 거라면 모를까.

# 28

'결혼하면 3년 안에 열정이 식는다'는 과학적 근거가 있다고 들었다. 인간의 심장이 계속 그렇게 뜨거우면 체력과 정신이 감당을 못 할 것이기 때문이란다. 평온한 심신을 보존하기 위해 뜨겁던 열정은 미지근한 일상으로 대신한다. 애석한 일이지만 비관적이지는 않다.

로맨틱한 사랑이라는 게 그렇다. 애정을 느끼는 상대와 함께 맛있는 음식을 먹거나, 마주 보며 부드럽게 대화를 나누거나, 재미있는 영화를 보러 간다면 더할 나위 없이 즐거울 것이다. 하지만 그 사람에게 푹 빠진 열정의 시절에는 맛있는 것을 먹다가도, 속닥속닥 이야기를 하다가도, 영화를 보다가도, 사실은 한시바삐 침대로 끌고 가고 싶은 마음뿐이다.

여타 사사롭게 흐뭇하고 즐거운 일들은 그저 침대에서 알몸이 되는 순간을 조금이라도 늦추면서 상대를 달뜨게 만드는 '전희'에 불과하다. 대개 처음엔 아닌 척, 같이 잠을 자는 것 외의 모든 것들을 함께해보면서 분위기를 살피다가, 불꽃이 튀면 같이 잠을 자는 것이 알파와 오메가인 밀월의 시절을 보내게 된다. 그러다가 그 종점을 찍게 되면 왔던 길로 다시 돌아간다. 뜨겁던 열정은 또다시 함께 '다른 것들'을 즐기는 일에 두루 배분된다. 연애할 당시엔 그 과정에서 이별할 가능성도 높아진다.

하지만 결혼한 상태에서 이별은 훨씬 더 어렵다. 이따금 결혼 후 몇 년이 지난 여자들에게서 '남편을 봐도 더 이상 설레지 않아요' 같은 이야기를 듣는다. 서로 매일 얼굴 보며 사는 부부 사이에 설렘이 없어지는 건 아마도 자연스러운 일일 것이다. '네가 설레지 않는 것처럼, 남편도 너를 보며 설레는 일은 없을 것 같다'고 나는 다정하게 알려준다.

문제는 집 밖의 사람에게 설레게 되는 일이다.

대체 누가 결혼생활을 '안정'의 상징처럼 묘사하는가. 결혼이란 오히려 '불안정'의 상징이어야 마땅하다.

# 29

글을 쓰는 직업을 가지고 있어서 그런지 사람들은 곧잘 나에게 자신의 내밀한 이야기를 고백하려는 충동을 느낀다.

"그 남자의 아이를 가지고 싶어."

오랜만에 만난 한 지인은 고개를 푹 숙이며 절규하듯 그 말을 쏟아냈다. 이미 두 아이의 엄마였던 그녀는, 집 밖의 남자와 거부할 수 없는 운명 같은 사랑에 빠졌다고 말했다. 사랑을 이루기 위해 두 사람은 이혼을 결심하고, 각자의 배우자에게 그 사실을 고지했으며, 각자의 배우자들은 절대 이혼할 수 없다고 버티고 있었고, 그럴수록 열정의 당사자들은 더 불타올랐다고 했다.

"그래도 불안해. 끝내 이혼하지 못할까 봐. 내가 임신이라도 해야 우리는 확실하게 이혼해서 합칠 수 있을 것 같아."

이처럼 속칭 용서받지 못할 사랑의 당사자들은, 세상에 알리기가 어려운 그 사랑이 그럼에도 분명히 존재했다는 사실을 '자신을 이해해줄

법한' 몇몇에게 고백을 함으로써, 그들이 자신의 사랑을 목격한 산증인이 되어주길 바랐다. 기왕이면 아예 일상의 접점이 없는, 멀리 사는 나 같은 이가 적당할 것이다.

"내 이야기 나중에 네 소설로 써도 좋아."

무겁게 짓누르는 공기를 떨쳐내려는 듯, 그녀는 경쾌한 목소리로 바꿔 말했다. 이어서는 그 남자와의 연애가 얼마나 황홀하고 그와 나누는 정사가 얼마나 만족스러운지 상세하게 설명하려고 애썼다. 그러나 타인의 이야기를 차용해 소설로 쓰는 것처럼 작가에게 지루한 건 없다.

그 후의 이야기는 어느 정도 예상한 대로다. 상대 남자가 결국 마음을 바꿔 가정으로 돌아가는 바람에(기혼들끼리 연애하면 대개 남자는 가정으로 돌아가는 게 통설이다) 그녀는 낙담했지만, 남편이 상심한 자신을 붙잡아주었다고 했다.

"나를 변함없이 사랑할 거라고, 다시 새로 시작하자고 하네…"

다시 만난 그녀는 과거 집 밖의 남자에 대해 얘기할 때와 크게 다를 바 없는 촉촉한 목소리로 말했다. 언제는 모든 걸 다 버리고 불살라버릴 것처럼 일생일대의 사랑을 자랑하더니, 이번엔 그 무슨 역경에도 흔들림 없이 초지일관 퍼 주는 사랑을 자랑하는 건가.

　보통 이런 경우 상황이 원래대로 돌아오면 대개 자신의 내밀한 이야기를 밖으로 말한 것을 후회하며 고해성사를 했던 상대들을 은근슬쩍 피하기 마련인데, 그런 면에서 지인은 참 솔직하고 대담하고 뻔뻔했다. 그 넘치는 에너지를 따라가기 힘들어 내 쪽에서 추후 연락을 피했는데 지금에 와서 돌이켜보면 당시의 나는 그녀에게 깊이 질투를 했었는지도 모르겠다.

# 30

내가 그 지인에게 질투를 느꼈던 이유는, 진실을 알게 된 남편이 그럼에도 아내를 내치지 않고 여전히, 아니 더더욱 너를 사랑할 거라고 해서가 아니었다(그녀가 무척 매력적인 여자인 것은 사실이지만).

내가 질투했던 것은 그녀의 무모함이었다. 이혼을 감행하기 위해 배우자에게 털어놓고 그를 자기 것으로 만들기 위해 그 남자의 아이를 갖겠다고 결심하게 만든 그 열정 말이다. 무모함이란 실은 용기와 자신감을 가진 이들에게만 허락되는 것. 잃을 것이 많은 사람들인데 나는 잃을 게 없다, 오로지 그 사람 하나만을 보고 갈 거라고 선언하게 만드는 어떤 미친 열정. 나는 그게 부러웠던 것 같다.

지혜로운 사람이 강을 건널 방법을 생각하는 동안 미친 사람은 이미 강을 건너가 있다. 미쳐 있는 사람들은 주변 사람들에게는 민폐일지 몰라도 본인들만큼은 사무치게 행복하다. 훗날 그 어떤 대가를 치른다 하더라도.

어떤 이들은 그 미쳐 있는 상태에서 액셀을 밟아 극치를 맞이하고 절정에서 터트리기보다 '잔잔하게 오랜 기간 미쳐 있는 것'을 선택한다. 바로 영화 〈매디슨 카운티의 다리〉에서 프란체스카(메릴 스트리프)가 그랬다. 프란체스카가 왜 끝내 로버트(클린트 이스트우드)를 따라가지 않았나, 에 대해서는 다양한 해석이 있다. 익숙하고 예측 가능한 불행(=결혼생활)이 그래도 나아서, 아이 때문에, 오랜 세월을 함께한 남편과의 정 때문에…. 하지만 내가 보기엔 남편은 이미 집 안의 벽지 같은 존재로 아무런 변수로 작용하지 않는다. 프란체스카는 오로지 로버트와의 사랑을 최적화시키는 일을 고민했고, 순간을 박제하고 물리적 거리를 둠으로써 가늘고 길게 사랑하는 방식을 택한 것이다.

# 31

나는 가끔 남편에게 내가 마지막 여자라는 사실이 인간적으로 안쓰럽다. 서른여섯 살에 우연히 좋아한 여자를 향후 죽을 때까지 계속 좋아하라는 것은 조금 잔인한 처사 같기도 하고.

혹시 그도 나에 대해 똑같이 불쌍하다고 생각할까? 물어보고 싶지만 못 물어봤다. 아니겠지? 아닐 거야. 그가 나를 불쌍하게 생각하든 아니든 나는 가끔 다른 남자들에게 호감을 품은 적이 있다.

처음에는 남편과 달라서 좋았는데 알아갈수록 실은 남편과 비슷해서 좋아하게 된 것을 깨닫고 낭패감을 느꼈다.

# 32

한편, 집 밖의 사람에게 열정을 느끼는 것을 불가피한 고통(이자 기쁨)으로 여기며 결혼생활을 유지해주는 '필요악'으로 간주하는 견해도 있다. 말하자면, 배우자 한 사람에게서 모든 것을 충족시키기 현실적으로 어렵고, 부부가 결혼 이후 다른 이성에게 관심을 완전히 가지지 않기란 생물학적으로 힘들다는 것. 부부 사이에서 결핍되었던 부분을 밖의 상대를 통해 채움으로써 오히려 배우자에 대한 불만을 거두고 평온한 가정생활을 영위할 수 있다는 것(여기에는 일말의 죄책감으로 인한 자상함도 더해진다). 또한 배우자가 언제건 다른 이성을 좋아하게 되어 떠날지도 모른다는 가능성을 받아들이는 것은 좋은 의미로 결혼생활에 긴장감을 준다는 낙관적 전망. 조금씩은 다른 이성의 그림자가 드리우는 편이 결혼생활을 좀 더 굳건하게 지탱해준다는 아이러니.

아마도 이러한 인간 본성의 이해 아래 한 사람과 하는 결혼 제도의 태생적 한계를 극복하려는 가장 유명하고 전위적인 시도는 시몬느 드 보부아르Simone de Beauvoir와 장 폴 사르트르Jean Paul Sartre의 계약 결혼일 것이다. 철학 교수 자격시험에 1등과 2등으로 나란히 합격하며 만난 두 사람은 아래와 같은 조건으로 부부의 연을 맺는다.

첫째, 서로를 사랑하고 관계를 지키되 다른 사람과 사랑에 빠지는 것을 허락한다. 둘째, 다른 사람과의 연애를 포함해 상대방에게 거짓말을 하지 않으며, 어떤 것도 숨기지 않는다. 셋째, 경제적으로 독립하고 따로 산다. 더불어 평생 아이를 갖지 않고 가사도 일절 하지 않는다. 다시 말해 서로에게 늘 투명하고 자유로울 것을 약속한다. 이 계약 결혼은 마치 한국의 전세 계약처럼 애초 2년짜리였지만, 사르트르가 죽을 때까지 50년이 넘도록 이어졌고 이후 몽파르나스 묘지에 함께 묻히면서 그들의 결혼은 하나의 신화가 된다.

지적 동지로서 실존주의 사상을 구축하고 창작 활동을 할 때엔 이 계약관계는 더할 나위 없이 이로워 보인다. 그들은 거의 매일 만나 서로의 글을 읽고 조언을 주고받는다. 보부아르의 저명한 책 〈제2의 성〉도 사르트르의 끊임없는 관심과 격려 속에서 태어났다.

한편, 남녀의 관계에서 보자면 애초의 맹세와 원칙은 대거 흔들렸다. 보부아르와 사르트르 두 사람 모두 공히 질투에서 자유롭지 못했다고 훗날 고백한다. 겉으로는 태연한 척했지만 사르트르가 자신의 여성 편력을 세세하게 밝힐수록 고통스러웠다고, 보부아르는 훗날 자서전에서 털어놓았다. 보부아르의 그런 마음을 알았는지, 사르트르는 돌로레스라는 여인의 존재를 숨기기에 이른다. '보부아르에게 모든 것을 말한다'는 계약 조건을 어긴 것이다.

사르트르나 보부아르처럼 잘난 사람들이 아닌 보통의 많은 사람들은 다른 사람을 좋아하게 된 사실을 숨기기 마련이다. 열정과는 별개로 기존에 영위하던 결혼생활을 깰 마음이 없는 것이 첫째 이유지만 무거운 비밀을 견뎌내고 그 문제를 혼자 감당하는 것이 최소한의 속죄임을 알기 때문이다. 한편 반대편에서는 배우자의 마음이 다른 사람에게 가면, 대부분은 육감으로 그 사실을 알아차린다. 하지만 그것을 감지하는 것과 그에 대해 거론이나 질문을 하는 것은 전혀 다른 이야기다. 그 불길한 예감을 굳이 확인하고 싶지가 않다. 행여 다른 사람이 있냐고 물었다가 '실은… 그래'라는 말을 듣게 된다면? 인간은 때로 진실을 알고 싶어 하지 않는 것을 넘어 진실을 알게 되는 것을 두려워한다. 일단 입 밖으로 나온 현실은 다시 주워 담을 수가 없으니까. 하물며 그 '다른 사람'이 행여 자신보다 지적으로나 경제적으로나 신체적으로나 더 나아

보인다면 차원이 다른 상처가 더해질 것이다.

실제로 보부아르는 넬슨 엘그렌이라는 한 살 연하의 미국 작가를 만나 성의 기쁨에 처음 눈을 뜨게 되고, 엘그렌과 살기 위해 그간 쌓은 자신의 커리어(=사르트르)를 버리고 미국으로 건너가려고 했다. 사르트르는 아마도 이 일로 '남자로서의' 에고에 상처를 입었을 것이다. 하지만 결국 보부아르는 사르트르와의 지적 연대를 위해 엘그렌과의 관계를 서둘러 정리하고 사르트르에게 돌아간다. 정념과 지성은 함께 가지 못하는 것일까. 사람이 지나치게 똑똑하면 완전한 관능의 세계로 들어가는 것에 본능적인 두려움을 느끼는 듯도 하다.

보부아르는 전기 작가와의 인터뷰에서 자신과 사르트르 사이의 열정이 그토록 오래간 것은 아마 글쓰기에 대한 열정을 공유했기 때문일 거라고 말한다. 1929년이라는 시대 배경에, 계약 결혼이라는 '불가능에의 도전'을 이끌어 세간의 이목을 집중시킨 명예 지향형 커플로서, 그들은 결코 실패하고 싶지 않았을 것이다. 남녀 관계에선 영혼이 가루가 되도록 '망하는' 측면을 사랑하는 나로서는 마치 기업 간 엠앤드에이M&A

같은 먹물 관종 동지애에 딱히 감흥을 느끼지 못했다. 나에게 감흥을 줘서 어쩌겠나 싶긴 하지만.

시몬 드 보부아르는 사후 장 폴 사르트르 옆에 영면하지만 손가락엔 엘그렌이 준 반지를 끼고 있었다고 한다. 두 남자 중 실은 그 누구도 잃고 싶어 하지 않는 마음이 가장 솔직해 보인다.

# 33

세월이 흘러 보다 진화된 현대사회에 이르러서는 '우리 이젠 좀 솔직해지자'라는 흐름이 다른 방식으로 구현되기도 한다. 결혼을 하건 안 하건 상관없이, 파트너의 동의하에 다른 사람을 개방적으로 사랑하고, 파트너의 다른 사랑을 인정하고, 관계된 모두가 서로를 존중하며 지내는 다자간 비독점적 연애, 폴리아모리polyamory.

폴리아모리적 세계관에 따르면 일부일처제는 인류의 본성에 반하는 제도이다. 결혼을 하더라도 누군가를 좋아하게 되고 만날 수도 있는데, 그렇다면 떳떳하게 서로에게 다 밝히고 살아가자는 것이다. 숨기는 것은 비겁하고 위선적인 것 아니냐, 는 관점은 꽤 일리가 있다. 뇌에 시원한 바람이 분다. 세상사란 가만히 내버려두면 점점 인간을 구속하는 방향으로 움직이기 마련이고 자유롭기 위해선 세간의 상식을 깨고 역풍에 맞서야 하니 기존 제도에 도전하는 이들은 용기 있는 사람들이다.

그럼에도 사람들은 폴리아모리를 아직은 발칙한 그 무엇으로 보는 것 같다. '다자간'이라는 단어의 뉘앙스를 음흉한 호기심과 선입견으로 관전한다. 참 희한하다. 나는 이들이야말로 대책 없이 건전하다는 생각이 드는데. 서로 간의 규칙이나 합의를 통해 서로를 신뢰하고, 소통에 노력을 기울이며, 오로지 진실하려고 애쓰다니 너무나 피시PC하고 모범적이지 않나.

한데 그렇기 때문에 이 역시도 내겐 감흥이 없다. 한 사람과 열정의 관계를 맺는 데에 몸과 마음을 넘어 '규칙'과 '합리' 그리고 '이성'을 동원시켜야 한다면 나라면 아무런 기쁨도 찾지 못할 것 같다. '옳고 그른 것'을 시시비비 가리고 싶지도 않다. 나는 질투와 비밀이 완전히 제거된, 표백된 투명함보다는 인간이 가진 복잡한 감정들을 그대로 살피면서 불안불안한 일대일 관계로 체념하기를 선택한다. 모든 관계들은 궁극엔 일대일일 수밖에 없고 그 바깥에 있는 타인들은 절대 알 수가 없다고 생각하기도 한다. 그림자가 없는 햇볕정책 대신 인간이 드리우는 그림자를 있는 그대로 바라보고 싶다.

## 34

미국 유타Utah주 로클랜드 목장의 거대한 동굴 앞에는 근본주의 모르몬교도 열 가족 내외가 속세와 거리를 두고 자급자족하며 산다. 근본주의 모르몬교도들 중에서도 그들은 일부다처제를 실천한다.

일부다처제를 유지하는 논리는 이렇다. 아이들을 많이 낳으면 낳을수록 수많은 어린양을 돌보고 구원한 하나님을 닮아가게 된다. 그러니 남자는 최대한 많은 여자를 아내로 맞아 최대한 자식을 많이 낳아야 한다. 더불어 남자에게 있어서 여러 명의 아내와 사는 것은 치우치지 않은 사랑을 주기 위한 일련의 수련이며, 여자에게 있어서 남편을 공유하는 것은 질투심이나 독점욕 같은 번민과 고통을 주님의 말씀으로 다스리는 일이다. 어쨌거나 그들은 일부다처제를 통해 서로가 대가족의 모든 구성원들을 보다 조건 없이 사랑함으로써 하나님에 가까운, 보다 초연한 존재로 나아가기를 바란다.

일부다처제의 풍습에서 내게 가장 흥미로운 것은 '구혼courtship' 제도였다. '구혼'은 근본주의 모르몬교에서 남자가 한 여자와 결혼을 전제로 만남을 가지며 서로를 알아가는 과정을 뜻하는데, 이는 몇 개월, 혹은

1년이 넘게(상대 여자가 '아무리 생각해봐도 당신은 아니네요' 할 때까지) 지속된다. 그런데 이 기간 동안 두 사람은 서로의 몸에 손을 대지 못하게 되어 있다. 성적 방종을 연상시키는 일부다처제의 악명을 희석하기 위한 면피성 장치였을까? 비록 결혼이 확정되기 전까지 순결(?)을 지켜야 하는 답답한 괴로움이 있기야 하겠지만 넷플릭스 다큐멘터리 〈세 아내와 사는 남자〉에 등장하는 근본주의 모르몬교도 '아버님'들을 보노라면 이 구혼 제도는 그럭저럭 할 만해 보인다. 기가 쭉 빨린 얼굴로 여러 명의 아내와 수많은 자식들을 건사하는 삶의 무게에 대해 토로하다가도, 새 아내가 될 후보 여성과 구혼 과정을 새로 시작할 즈음부터는 눈빛에 반짝반짝 생기가 돈다. 마치 읍내 시장에 소를 사러 가는 농부처럼.

이 다큐멘터리는 한 남편을 둔 세 아내의 신나는 근교 여행으로 막을 내린다. 육아와 가사에 지쳐 있던 그녀들은 남편에게 10여 명의 아이를 며칠간 독박으로 맡기고 차에 올라탄다. 그러고는 콧노래를 부르며 자유와 낭만의 상징, 캘리포니아 해변으로 향한다. 남편이 없으니 그녀들은 마치 자매처럼 편안하고 친밀하다. 방송 구성상 인위적으로 급조된 여행이 거의 확실했지만, 어쨌거나 그녀들의 표정이 티 없이 밝아, 보

고 있는 나도 기분이 썩 나쁘지가 않았다. 그녀들에겐 남편도, 하나님
도 애당초 필요 없었을지도 모른다. 일부다처제도 일부일처제만큼 참
여러모로 고생이 많다.

# 35

이 산문을 쓰면서 중간중간 자가 검열을 하고 있다.

선을 넘을까 봐가 아니라 쓰나 마나 한 뻔한 글이 될까 봐.

결혼에 대한 뻔한 글들은 이미 넘쳐날 정도로 충분하다.

# 36

아이가 태어나면서 신혼 때 마련한 퀸 사이즈 침대를 버렸다. 그러고는 안방 바닥에 싱글 사이즈 이불요를 세 개 깔고 세 식구가 나란히 잤다. 시간이 흘러 아이가 자기 방 침대에서 혼자 잘 수 있게 되자 또다시 나는 고민에 빠졌다. 퀸 사이즈 침대는 이제 좁게 느껴졌고 그렇다고 킹 사이즈 침대를 사기에는 부피가 만만치 않아 이사를 다니거나 가구를 옮길 때 부담스러울 것 같았다.

좋은 방법이 떠올랐다. 간단한 프레임과 매트리스로만 이루어진 싱글 침대 두 개를 사서 붙였다. 이젠 한 사람이 몸을 뒤척일 때마다 같이 흔들릴 일도 없고, 이불의 절반 이상이 한 사람에게로 넘어가 다른 한 사람이 다리가 시려 한밤중에 깰 일도 없었다. 체중의 차이로 매트리스 한쪽이 푹 꺼질 때마다 그 큰 걸 뒤집어서 균형을 맞출 필요도 없었다.

하지만 그랬기 때문에 그가 옆에 있으나 없으나 큰 차이가 없어졌다. 한 사람이 거실 소파에서 자는 것과 별반 차이가 없어진 서글픔. 옆에 있는지 인기척을 느끼지 못하는 것, 성가시지 않다는 것.
편안함의 동전 반대편은 외로움이다.

# 37

결혼한 사람들의 이야기를 가만히 귀 기울여 들어보면 대개가 양적으로도 질적으로도 만족스럽지 못한 성 생활을 영위하고 있다는 것을 알 수 있다. 그러니 지금 이 글을 읽고 있는 당신네 부부에게만 특별히 문제가 있는 것은 아니다.

이제까지 살면서 '우리 부부는 이토록 금슬이 좋다'고 자랑하는 사람을 나는 딱 세 번 만나보았다.

그중 둘은 당시 서른 후반에서 마흔 중반이었고, 무척 건실하고 모범생적이었으며, 사회경제적으로도 일정 수준의 안정을 이룬 사람들이었다. 그들이 평소의 어조와 사뭇 다르게 그 이야기를 갑자기 꺼냈을 때 (내가 먼저 물어본 것은 아니다) 나는 그들이 진짜로 하고 싶었던 말은 '너 몰랐지? 내가 이렇게 진지하고 딱딱한 일을 업으로 삼고 있지만 실은 이렇게 끼가 많은 사람이야'이리라고 생각했다. 네, 아무렴. 겉으로 보이는 게 다가 아니지요. 하지만 세상의 어떤 사람들은 그저 인생의 모든 것들을 '열심히' 하는 것 같다. 게다가 부부 중 한쪽 이야기만 들은 셈이니 진상은 알 수 없다.

세 번째 경우는 각자의 가족을 버리고 어렵사리 재혼한 부부였다. 불륜이라는 주변의 비난을 무릅쓰고 기존 가족에게 상처를 줘가면서까지 정식 부부가 되었는데 성 생활까지 별로라면 좀 억울할 것 같긴 했다.

# 38

부부의 성 생활이 재미없는 이유는 '쓸데없는 이타심' 때문인 것 같다. 흔히 '배려'라고 하는, 이기적이고 개인주의적인 현시대에 권장되는 미덕. 분명 부부간에 배려하는 습관은 두루 이로울 것이다. 하지만 세상 부부들이 제대로 착각하고 있는 것 하나는 '성 생활에 있어서' 서로를 배려해야 한다고 철석같이 믿는 것이다. 상대의 의향을 먼저 물어보고, 상대의 입장을 헤아리고, 상대의 마음을 이해하려는 선한 의지는 일반적으로 바람직하다. 하지만 그것을 성 생활에 적용시키면 재앙이 된다.

'피곤해하는 것 같으니까 하지 말아야겠다'
'부끄러워하니 하자고 말하지 않는 편이 좋겠다'
'더럽다고 생각할 수도 있으니 시도하지 말자'
'그만큼 애썼으니 이제 그만 사정하게 해줘야겠다'
'나하고 하는 걸 별로 즐기는 것 같지 않으니 참아야지'
등등.

자기보다 상대의 만족을 위해 뭔가를 하거나 하지 말아야 한다는 강박이 있거나, 혹은 상대를 실망시키거나 상처 입힐까 봐 눈치를 보거나 거짓말을 하는 그 마음은 십분 이해가 간다. 왜냐하면 상대를 아끼기도 하거니와 그 이후에도 합을 맞춰야 하는 '일상'과 '생활'이 영원토록 기다리고 있으므로. 하지만 이런 '배려심 넘치는 예의'는 장기적으로 모든 것을 타협하게 하고 급기야는 포기하게 만든다. 이어지는 결과는 섹스리스와 거짓 오르가슴들이다.

어디까지나 개인적인 견해에 불과하지만 성은 상대에게 '주는' 것이 아니라 '빼앗는' 것이다. 서로 허락한 상대라면, 그 사람의 몸을 이용해서 내 몸을 기쁘게 해버리고 말겠다, 정도의 이기심과 기세가 넘쳐야 성관계가 자유롭고 즐겁다. 단, 그 전제는 두 사람 다 똑같이 제대로 못되게 굴어야 즐겁고 창의적일 거라는 것(한 사람은 이타적이고 다른 한 사람이 이기적이면 착취가 된다). 어설픈 배려와 무지로 자체 검열을 하게 되면 내가 진심으로 원하는 것을 하거나 상대에게 요구할 때 심리적으로 부대끼게 된다. 자신의 몸과 기분을 우선시하면서 좋아하는 사람과 팽팽하게 맞설 때, 연체료가 붙지 않는 일시불처럼 비로소 우리 몸은 가뿐하게 날아간다.

# 39

앞서 잘난 척 말을 했건만, 나 역시도 그와 관련된 문제로 몇 번 남편과 밤새워 싸운 적이 있다.

우리는 도저히 타협점을 찾을 수가 없었고, 상황을 둥글둥글 넘기는 성격이 아닌 그의 정직한 진심이 터져 나오자 나는 깊은 숲속에서 길을 잃은 듯 참담했다. 뭐라 반박할 말이 찾아지지 않았고, 계속 울기만 했다.

나는 급기야 '이혼'이라는 단어를 입에 올렸고 그는 '어떻게 너는 그 단어를 그토록 쉽게 언급할 수가 있냐. 나는 아무리 싸워도 그 단어는 입에 올리지 못한다'고 차갑게 말했다. 쉽게 말한 것도 아니고 충동적으로 말한 것도 아니었지만 한편으로는 그가 '쉽게 내뱉은 말'이라고 생각해준 것을 다행이라고 생각했다. 그가 만약 나의 말을 '진지하게' 받아들였다면 평소 업무 추진력이 있는 편인 나는 바로 그다음 날부터 모든 필요한 준비를 속도감 있게 진행했을지 모른다. 그렇게 치면 내가 쉽게 그 단어를 내뱉었다고 말한 그의 말이 옳았다.

서럽게 울던 나를 지친 기색으로 가만히 지켜보던 그가 이윽고 고통스러운 표정을 지으며 "그 문제는 다른 남자한테서 처리해도 나는 괜찮다"고 낮은 목소리로 말했다. 그 목소리는 겨우 스치듯 들릴 정도로 작았고, 서늘하게 차분했다. 그 말을 듣고 처음에는 충격을 받았고, 이어서는 이 남자가 과연 평범한 남자는 아니구나, 진심으로 감탄했다.

그때 내가 들었다고 생각하는 그 문장은 제대로 된 기억일까 아니면 울고불고 싸우느라 얼이 나간 내가 지어낸 망상일까. 그에게 있어서는 몇 시간째 울고 있는 여자와 한방에 있는, 그 숨 막힘 속에서 어떻게든 공기의 향방을 바꿔보려던 충격요법이었을까 혹은 진심으로 그래도 되지만 굳이 알리지는 말아달라, 같은 호소였을까.

나는 여전히 모르겠다.

어렴풋이 하나 아는 것은—

부부가 섹스의 문제로 싸우게 되면 그 싸움을 매듭짓는 유일한 방법은 섹스 말고는 없다는 것이다. 물론, 일단 상황을 '매듭짓는' 것일 뿐이지 화해를 했다거나 문제가 해결된 것으로 속단할 정도로 순진하지 않다.

그렇다고 해도 화가 나면 성욕이 맵게 차오르는 건 어쩔 수 없다.

# 40

결혼 초기엔 남편과 밤새워 싸우며 맞담배를 꽤 많이 피웠다. 둘 다 대학과 대학원에서 정치학을 어설프게 전공한 탓인지 우리의 싸움은 물건을 던지거나 소리를 버럭 지르거나 몸싸움을 하기보단 부엌 테이블에 마주 앉아 꼬장꼬장 질겅질겅 서로의 말꼬리를 붙잡는 양상을 띠었다. 답이 없는(부부 싸움은 대개가 답이 없다) 300분 토론이 끝이 나면 옆의 재떨이는 신경질적으로 비벼 끈 담배꽁초들로 수북했다. 담배를 끊으면서 부부 싸움도 줄어들었지만 나는 그 시절 그와 얼굴을 마주하며 불건전하게 자신의 몸을 해치고, 니코틴과 피로물질로 만들어진 독을 다시 한번 상대에게 내뿜는 일에 약간의 쾌감을 느꼈던 것 같다.

건강이 나빠져서 담배를 끊겠다 하고선 몇 차례 도둑고양이처럼 몰래 피운 적이 있다.

한번은 여름휴가를 맞아 방콕 차오프라야강 기슭에 위치한 페닌슐라 호텔에 묵었을 때였다. 강렬한 직사광선과 높은 습기 탓에 외출을 자제하고 호텔 방에서 머물던 오후 2시경, 담배 생각이 간절하게 났다. 적당한 핑계를 대고 로비 층의 풀 사이드로 나가자 땡볕 탓에 비어 있던 수영장 데크 체어가 눈에 띄었다. 체어 끄트머리에 불안하게 엉덩이를 걸치고 앉아 주머니에 꼬깃꼬깃 꼬불쳐두었던 담뱃갑과 라이터를 꺼냈다. 담배에 불을 붙이면서도 행여 남편이 뒤따라 내려온 것은 아닐까 연신 주변을 두리번거렸다. 정수리에 내리쬐는 남국의 지글지글한 햇볕은 정신이 아득해질 정도였지만 몰래 피우는 담배의 맛은 기가 막혔다. 나는 로비 화장실에 들러 입안을 헹구고 냉방이 잘된 방으로 새초롬하게 돌아왔다.

"너, 담배 피우고 왔지?"

카드 키로 문을 열고 들어오는 나를 보자마자 침대에 기대 누운 채 남편이 툭 물었다. 아니, 그걸 어떻게…. 그러니까 아까 그 도둑고양이 같은 모습을 남편은 호텔 방 창밖으로 다 지켜보고 있었던 것이다. 선생님한테 딱 걸린 학생처럼 화들짝 놀라면서도 내심 들키고 야단맞는 일이 싫지가 않았다. 그 후 담배를 완전히 끊고 나니 그가 내게 대놓고 '하지 말라'고 나무랄 수 있는 건 이제 아무것도 남지 않게 되었다.

# 41

우리는 외출하면 늘 손을 잡고 다닌다. 버스나 지하철에서 빈자리가 나면 그는 항상 나를 먼저 앉게 한다. 무거운 짐은 무조건 자기가 든다. 같이 영화를 보러 가면 다리는 내내 이리 꼬다 저리 꼬다 바꾸면서도 손만큼은 습기가 가득한 채로 두 시간 남짓 내내 붙잡고 영화를 본다. 남편은 바깥에서 내게 참 자상하다. 더 많이 함께 외출을 하면 좋으련만, 주중 내내 출퇴근을 하느라 지친 그는 주말에는 가급적 집에 있고 싶어 한다.

옥수동에서 광화문으로 이사를 와서 달리기를 시작했다. 내가 달리기를 하러 나가면 그는 가끔 주섬주섬 같이 따라 나선다. 경복궁 주변을 한 바퀴 크게 돌 때가 많다. 기왕 같이 와주었으니 처음엔 남편과 보폭을 맞추며 걷는다. 그러다가 몸이 근질근질해지면 어쩔 수 없이 양해를 구하고 혼자 달리기 시작한다. 달리다 보면 아무래도 내가 한참 먼저 앞서가게 된다. 뒤를 돌아보면 남편이 새끼손가락만큼 작게 보인다.

'아 뭐야. 왜 아직도 저기 있는 거야.'

나는 속으로 툴툴거리며 몸을 돌려 요요처럼 남편을 향해 다시 달려 간다. 남편에게 가 닿으면 또 한동안 보조를 맞추며 걷지만 이내 또 달리고 싶은 욕구를 참지 못한다. 이제 말을 하지 않아도 남편은 눈짓으로 '어서 가'라고 한다. 그렇게 그의 곁을 벗어났다가 도중에 잘 있는지 확인 후 '하는 수 없지'라며 돌아오고, 잠시 나란히 걷다가 또다시 그를 혼자 두고 나 혼자 스프링처럼 튕겨나가기를 반복한다. 내가 이렇게 오락가락 혼자 분주한 사이, 남편은 제 보폭으로 묵묵히 걸음을 옮기고 있을 뿐이다. 이것은 마치 우리 결혼생활의 은유 같다.

# 42

결혼은 갈수록 인기가 없어지는 듯하다.

2020년 통계청 조사에 따르면 서울시의 경우 전체 가구의 3분의 1이 1인 가구라고 한다. 비혼 남녀 중 여자는 22.4%, 남자는 40.8%만이 결혼을 필수라고 생각하고 또 다른 조사에선 여자의 30%, 남자의 18.8%가 결혼에 부정적이었다고 한다. 여자의 경우 결혼을 꺼리는 이유로 '혼자 사는 게 더 행복할 것 같아서(25.3%)'와 '가부장제, 양성 불평등 등의 문화 때문(24.7%)'이라는 응답이 비슷했고, 남자의 경우 '현실적으로 결혼 조건을 맞추기 어려울 것 같아서(51.1%)'와 '혼자 사는 게 더 행복할 것 같아서(29.8%)'라는 응답이 나왔다. 결혼을 꺼리는 이유로 '혼자 사는 게 더 행복할 것 같아서'라는 항목을 집어넣은 것은 통계학적으로 별 시사점이 없어 보이기에 여기서 유념해 보아야 할 것은 '여자는 결혼하면 가부장제와 양성 불평등 문제에 고통받는다'와 '남자는 가정을 꾸릴 경제적 능력을 갖춰야 결혼을 고려하게 된다'라는 대답이다.

'왜 결혼하지 않느냐?'는 질문에 '그럼 왜 결혼을 하느냐?'라는 반문이 나오는 시대다. 이 질문을 숙고해보았다. 나는 왜 그때 결혼을 했던 것일까? 사실 당시엔 이런 질문 자체가 내게 없었다. 상대가 가정을 꾸릴 경제적 능력을 갖췄는지 알아보지도 않았고, 결혼 후 겪을 가부장제와 양성 불평등을 미리 우려하지도 않았다. 따라서 '그런 문제들이 걱정되지만 우리의 사랑으로 다 이겨낼 수 있어' 같은 정신 승리나 자기합리화도 필요하지 않았다. 결혼에 이르는 과정 중의 모든 번잡스러움은 한낱 곁다리에 불과했고 관심도 없었다. 나는 오로지 사랑하는 사람과 하루라도 빨리 손가락 깍지 끼듯 뿌리 끝까지 엮이고 싶었다. 낭만주의자로 보일 수도 있겠지만, 아예 '생각' 자체가 없었던 한심함이기도 했다.

아무 생각조차 나지 않을 만큼 결혼이 나를 압도한 이유는, 그것이 내가 누군가로부터 격하게 사랑받고 있다는 증명이었기 때문이다. 비록 한 순간의 착각이라 해도, 나중에 오판으로 결론 난다 해도 말이다. 100가지 합리적인 이유를 들어서 결혼의 불리함과 비합리성을 설득시킨다 해도, 망할 줄 알면서도 뛰어드는 어떤 맹목적인 마음에, 나는 인생에서 누릴 수 있는 몇 안 되는 귀한 찰나를 본다.

# 43

그 하찮고 비합리적인 결혼의 압도적인 한 가지만을 바라보고 이만큼 오기까지, 나는 부수적으로 따라오는 여러 가지 것들을 물리적으로 피해야 했다. 가령 나는 '며느리'라는 위치에 지극히 태연하게 부과되는 어떤 무자비함에서 적극적으로 도망쳤다. 더불어 시가에 대해 외부에는 일절 뒷담화를 하지 않았다. 그건 너무나도 시간 낭비였다.

내가 그것을 얼마나 중요한 문제로 간주하는지가 상황을 결정지을 것 같아서 아예 생각부터 하지 않으려고 했다. 남들이 '문제'라고 해도 내가 문제라고 인정하지 않는 것들이 내 인생의 시간과 마음의 전용면적을 많이 차지하는 것이 싫었다. 문제가 있다고 느낀다면 당사자와 대면하고 끝냈다. 이 세상의 모든 것들에 신경을 쓸 수가 없으니 우리는 그 안에서 우선순위를 정하고 그 과정에서 (필요하다면 조금 미안해하며) 선을 그어야만 한다.

그래서 나는 지금 여기에 내가 얼마나 제멋대로인 며느리였는지 그 사례를 나열할 수도 있고, 그럼에도 내가 잘할 때는 또 얼마나 잘했는지 그 사례도 줄줄이 읊을 수 있다. 하지만 그러한 입증이 무슨 의미가 있을까. 말한다 한들 이 글을 읽는 누군가에게는 어느 쪽이든 '왜 나는 저렇게 못 했을까'라는 부담을 주는 것이 싫다. 다시 말하지만 나는 가급적 그 화두에 마음을 쓰고 싶지 않다.

하나만 짚고 넘어가자면 시가 식구들이 불편하게 느껴지는 것은 무척 자연스러운 일이다. 첫째, 그들은 나의 진짜 가족이 아니기 때문이고 (하지만 우리가 여기에서 기억할 것은 진짜 가족도 과히 편한 관계가 아닐 수 있다는 것) 둘째, 이 우연한 인간관계를 수직적이고 필연적인 권력관계로 고착시키려는 기성세력들이 있기 때문이다. 그들이 짜놓은 권력의 역할극에서 주연을 빛나게 해주는 조연이 되기에는 우리의 젊음이 너무 짧고 소중하다. 그저 사랑하는 사람을 통해 인연을 맺게 된 그분들과 서로 인간적으로 존중할 수만 있다면 참 좋을 것이다.

아이를 낳던 날, 시어머니는 내게 삐뚤삐뚤한 글씨로 짧은 메모를 써서 주셨다.

사랑하는 경선에게, 수고가 많았다.
아기를 사랑으로 섬기길 바란다.


그 글을 읽고 '섬기다'라는 단어가 참 아름답다고 느꼈다. 자식이 부모를 섬기는 것이 아닌, 부모가 자식을 겸허히 섬겨야 한다는 것이 무척 올바른 일처럼 여겨졌다. 나는 이를 앞서 체득한 그녀의 순한 마음씨를 생각했다.

# 44

산문 〈태도에 관하여〉의 2015년 초판과 2018년 개정판은 부부간 가사분담에 관한 글이 3년 터울로 쓰여 있다. 2018년 개정판으로부터 3년 후인 현재 상황을 업데이트해드리겠다.

2015년 초판의 글, '현실생활에서의 평등'에 따르면 남편은 내가 시키면 했지만 가사에 대한 주도권이나 자발성은 없었다. 최선이 '협조'였고 내가 힘들어하면 '그럼 하지 마'라고 남 일처럼 말했다. 자신이 대신 한다는 의미는 아니었다. 과일이 먹고 싶으면 부드러운 목소리로 '우리 집에 과일 있니?'라고 물었다. 그러던 그가 식사 후 '밥 먹고 설거지는 내가 할 테니까 그대로 둬'라고 말하기 시작했다. 참고로 그는 결혼 전, 가사 일은 한 번도 해본 적이 없다.

2018년 개정판의 글, '현실생활에서의 평등, 그 이후'에 따르면 남편은 더 이상 집에 과일이 있냐고 묻지 않는다. 대신 내가 먼저 '과일 먹을래?'라고 물으면 '네가 먹을 거면 나도 좀 먹을게. 나 때문이라면 괜히 깎지는 말고'라고 대답하는 기지를 발휘했다. 퇴근하면서 그는 매번 '(저녁으로 먹을 거) 뭐 사갈까?'라고 문자메시지를 보냈다. 배려였겠지만,

한편으로는 '집에 밥 있니?'의 순화 버전처럼 들렸다.

2021년, 현재 상황은 다음과 같다.

시키지 않아도 알아서 하는 것들이 대폭 늘었다. 모든 설거지를 매일 아침 출근 전에 도맡아 한다. 모아둔 재활용 쓰레기를 알아서 버린다. 모든 면 요리를 한다. 주말에 내가 늦잠을 자면 밥을 안쳐놓거나 아이의 식사를 책임진다. 예전에는 거부하던 세탁기 사용법도 터득했다. 냉장고에 오래된 식재료를 손수 버린다. 종종 바닥 청소를 하는데, 이건 하면 했다고 꼭 알려준다. 처음엔 뭔 생색을 내나 했는데 그게 아니라 내가 모르고 또 청소할까 봐 일러준다는 것을 알았다.

예전에는 퇴근길에 '뭐 사 갈까'를 물었다면 이젠 '저녁은 아래에서(현재 우리는 주상복합아파트에 산다) 사 먹을까'라고 묻는다. 나는 보통 '그냥 올라와'라고 대답한다. 요리는 잘 못 해도 나 포함 가족들은 갓 지은 집밥을 가장 맛있게 먹는다. 온라인 쇼핑은 내가 하지만 장을 보러 마트에 갈 때는 같이 간다. 화장실 청소는 각자 샤워를 하면서 적당히 해치운다.

매일 일상적으로 해야 하는 일들이기에 가급적 어깨 힘을 빼고 해버리는 것, 그것은 가사 일에 있어서 과히 나쁘지 않은 태도라고 생각한다. 누가 무엇을 얼마나 할 것인가 신경전을 벌이기 전에 가사 일의 크기 자체를 먼저 줄이는 것도 괜찮다. 특정 가사 일을 일부러 즐겨 하는 것이 아니라면 식기세척기나 로봇청소기, 반찬 배달이나 다림질 스프레이 등 활용할 수 있는 부분은 십분 활용하면 가사일의 크기를 줄일 수 있다.

가사 분담이 어느 수준까지 몸에 배게 되면 누가 얼마만큼 더 맡았는지 예민해지거나 저울질하는 게 조금 무의미해진다. 균형이란 부담의 비중이 시소처럼 그때그때 올라갔다 내려갔다 하더라도 그에 대해 부당하다는 감각을 느끼지 않는 상태이다. 알아서 자연스럽게, 나는 소파에서 그의 발바닥 각질을 털어내고 그는 화장실 쓰레기를 종량제 봉투에 담으면서 내가 사용한 생리대를 따로 정리해서 버린다.

하지만 솔직히 남편이 가사 분담을 이만큼 하게 된 건, 내가 결혼 후에도 끊임없이 돈을 벌기 때문이 아닐까, 라는 생각을 하지 않을 수가 없다. 그런가 하면, 우리는 통장 관리를 줄곧 따로 하고 있었음에도 그는 매달 초, 생활비를 내 통장으로 송금한다. 어쩌다 보니 그렇게 되었는데 그 액수가 실제 생활비를 충분히 커버하지는 못한다. 하지만 남편은 매달 초 들쑥날쑥한 날짜에, 월급의 일부를 송금하며 '이번 달 생활비 쐈어'라고 꿋꿋이 문자를 보낸다.

'매달 자동이체를 설정해놓으면 편할 텐데.'

누가 들어도 이 편이 합리적일 테지만 아마도 남편은 저렇게 생활비를 아내 계좌로 송금하는 행위를 필요로 하는 것 같다.

# 45

그는 직감적으로 아는 듯하다. 수가 틀리면 언제든 내가 자신을 떠날 수 있는 사람이라는 사실을. 이미 내가 가까운 인간관계에서 그렇게 했던 것을 몇 번 옆에서 목격했기 때문에.

나는 참을성이 강한 사람으로 성장했지만 거기에는 원칙이 있다. 딱세 번을 봐주고 그다음에 상대가 나를 화나게 하면 변압기 셔터를 꺼버리듯 한 순간 모든 것을 블랙아웃시킨다. 이런 나의 특성을 그 누구보다도 내가 잘 알기에 세 번 카운트다운 후엔 속으로 염원한다. 제발 내안의 악마를 꺼내지 말아달라고. 그런데 글을 쓰다 보니 나는 별로 참을성 있는 사람이 아니네.

# 46

성격상 누군가에게 경제적, 그리고 심리적으로 의지하지는 않는 것 같다. 아마 앞으로도. 유능한 남편을 잘 내조하는 아내가 되고 싶었던 적도 없다. 나 자신이 유능한 게 더 중요했다. 돌이켜 생각해봐도 나는 누구한테 기대는 걸 어려워하고, 남한테 기대는 게 지는 거라고 생각하던, 혼자 알아서 하는 아이였다. 결혼을 해서 배우자가 있다 해도 살다 보면 무슨 일이 생길지 모르니 혼자 힘으로 살아갈 수 있도록 해야 한다고 생각했다. 이게 아니다 싶으면 자발적으로 결혼에서 자유로워지는 것을 포함해서. 스스로 온전히 서 있을 수만 있다면 흔히 속세에서 말하는 '가장의 역할'을 남편에게 기대하지 않을 수 있다. 나에게 전형적인 '아내의 역할'을 기대하지 말아주기를 바라는 것처럼 전형적인 '남편의 역할'도 기대하지 않기로. 사회가 제멋대로 정해놓은 이상형은 인간이 스스로를 못 미더워하게끔 만들어버린다. 나는 그러고 싶지 않다.

위의 문단은 내가 썼지만 어떨 땐 잘 모르겠다.
뭐 틀린 말도 아니고 다 좋은 말이긴 하다.
그런데.

누군가에게 의지할 줄 모르는 사람은 알고 보면 무척 쓸쓸한 인간이라는 것을 살면서 불현듯 깨닫는다. 뿐만 아니라 자기와 가까운 사람도 쓸쓸하게 만들어버린다. 아내와 남편으로서의 역할극은 집어치우더라도, 가장 가깝다고 여기는 내 곁에 남아 있는 사람에게 몸과 마음을 의지할 수 있는 일, 거기에는 번잡함을 동반한 애틋함이 존재한다는 것을 알았다. 그래서 신은 나처럼 메마르고 독립적인 사람에게 몇 번의 병원 입원 생활을 배당한 것일 테다.

아파본 적이 없어서 그런가, 그는 간병이 서투르다. 때로는 도움이 되기보다 성가시기만 하다. 하지만 내가 일곱 번의 전신마취 수술을 받는 동안, 그는 비좁은 보호자용 침대에 곰 같은 덩치를 누이고 쪽잠을 청한다. 그 뒷모습을 물끄러미 바라보며 나는 당분간 모든 것을 그에게 내려놓기로 한다. 어쩌다 한 번쯤은 두 사람이 누워 있는 위치가 반대여도 좋았을 텐데.

# 47

서른 초반 한참 자동차를 운전하며 다닐 무렵.

연말이면 남편은 저녁 약속이 많아 자주 늦게 귀가했다. 광화문 시내 한복판에 직장이 있던 그는 폭설이 내린 어느 날 술자리가 새벽 1시쯤 파하고 내게 전화를 걸었다.

"아무리 기다려도 택시가 안 잡혀! 추워 죽겠어!"

재난 영화의 주인공처럼 수화기 너머로 그가 절박하게 울부짖었다. 혀가 꼬부라진 목소리로.

당시엔 지금의 카카오택시 같은 것이 없던지라 무조건 길바닥에서 택시를 잡아야 했던 야생적인 시절이었다. 곤히 자고 있는데 새벽에 그런 전화를 받으니 짜증이 팍 났지만 안 나갈 수도 없었다. 나는 따뜻한 이불을 걷어차고 옷을 단단히 껴입은 다음 차 키를 들고 칼바람이 매섭게 부는 바깥으로 나갔다. 오래된 아파트라 야외 주차장밖에 없어 히터가 제대로 작동할 때까지 시간이 필요했다. 덜덜 떨면서 FM 라디오를 들으며 어느 정도 차 안에 온기가 차오르면 심야의 난폭 운전자로 돌변했다.

나는 어둠의 남산 1호 터널을 뚫고 15분도 채 안 돼서 인적 드문 광화문 시내에 다다랐다.

　픽업해달라는 위치로 가보니 대로변에는 술에 취해 몸을 제대로 가누지 못하는 딱한 한국 중년 남자들이 좀비처럼 흐느적흐느적, 우왕좌왕하고 있었다. 어떻게든 택시를 잡으려고 경쟁하다 보니 그들은 점점 차도의 절반까지도 점유하고 나와 팔을 경망스럽게 흔들었고, 그 광경은 참으로 흉하고 위험해 보였다. 대체 저 중에 어디 있는 거야, 욕이 절로 나왔지만 유난히 큰 머리통이라는 표식 덕분에 다행히도 바로 발견할 수 있었다. 스노 체인을 채워둔 차바퀴가 내 몫의 좀비 바로 앞에 아슬아슬하게 슬라이딩해서 멈췄다. 나는 조수석 문을 확 열어주며 명령했다.

　"타!"

　남편을 덥석 태운 작은 박스카를 텅 빈 4차선에서 불법 유턴해서 액셀러레이터를 힘차게 밟았다. 주인에게 수거되지 못해 여전히 추위에 다리를 덜덜 떨던 좀비들을 차창 밖으로 구경하며, 남편은 어린아이처럼 신나 했다. 이 밤중에 마누라가 자기를 데리러 와준 것이 으쓱했던 모양이다. 헤벌쭉해하는 조수석의 그를 향해 귀갓길 내내 잔소리를 퍼부었지만 나 역시도 내심 그런 수고가 그리 싫지만은 않았다. 그는 내게 완벽하게 의지했고 나는 그의 구원자였으니까.

# 48

결혼하지 않은 사람들이 결혼한 사람들에게 가장 어이없어하는 지점은 '자기들은 결혼했으면서 주변의 싱글들에겐 왜 '결혼 같은 거 하지마'라고 뜯어말리는가'이다. 노아 바움백 감독의 〈결혼 이야기Marriage Story〉와 샘 멘데스 감독의 〈레볼루셔너리 로드Revolutionary Road〉를 보면 그 이유를 어렴풋이 알 수 있다. 어렴풋이, 라고 말하는 이유는 막상 결혼을 하기 전까지는 그것을 '진짜로' 알기는 어렵기 때문이다. '너무잘 알겠다' 싶어도 그 문제에 대해 막상 표현을 하려면 결혼한 이들 누구나 적잖게 어려움을 느끼기도 한다. 결혼은 참으로 복잡하게 행복하고 복잡하게 불행하다.

〈결혼 이야기〉의 니콜과 찰리는 한때 열렬히(어떤 의미에서는 여전히) 사랑해서 결혼했지만 이혼 전담 변호사가 어떻게 이 상황(이혼)까지 왔는지 말해볼래요, 라고 묻자 아내인 니콜은 이렇게 답한다.

"명확하게 말하긴 힘들어요. 차라리 그냥 사랑이 식었다면 간단하겠죠."

사랑이 식은 건 아니지만, 평생 그를 사랑할 것 같다고도 생각하지만, 결혼한 상태에선 상대를 사랑하고 위할수록 내가 없어지는 기분이 들기도 한다. 가장 가까운 사람이 좌절과 열등감을 안겨주고, 나를 가장 잘 알기에 가장 아프게 상처 주는 방법을 꿰고 있다. 천국과 지옥은 이토록 한 끗 차이다.

영화 말미에 남편 찰리는 뉴욕의 한 재즈 바에서 이렇게 노래한다.

너무 꼭 안는 사람
Someone to hold you too close
깊은 상처를 주는 사람
Someone to hurt you too deep
내 자리를 뺏고 단잠을 방해하는 사람
Someone to sit in your chair to ruin your sleep
나를 너무 필요로 하는 사람
Someone to need you too much
나를 헷갈리게 하는 사람
Make me confused

나를 너무 잘 아는 사람

Someone to know you too well

내가 이겨나가게 해주는 사람

Someone to make you come through

충격으로 날 마비시키고 지옥을 경험하게 하는 사람

Someone to pull you up short to put you through hell

- 스티븐 손드하임 Stephen Sondheim의 〈Being Alive〉 중

〈레볼루셔너리 로드〉의 에이프릴과 프랭크는 주변의 선망을 한 몸에 받는 부부지만, 짐짓 평온해 보이는 교외 주택가에서 공허감을 느끼며 희망 없는 삶을 살고 있다. 그러던 어느 날 이들은 그 권태로운 삶에서 벗어날 대안을 찾고, 이를 실행해가면서 다시금 행복을 찾는다. 하지만 기쁨은 잠시, 두 사람은 자신들이 '무엇을 가졌는지, 무엇이 필요한지, 무엇이 불필요한지'에 대한 정의가 서로 다름을 알게 된다. 작은 균열 하나가 수면 아래로 문제점들을 차례차례 드러내면서 뿌리 전체를 썩히자 이윽고 에이프릴은 '떠날 수도 없지만 머물 수도 없는' 현실을 마주

하며 차라리 미쳐버리는 게 낫겠다고 생각하기에 이른다.

한 여자와 한 남자에겐 두 개의 심장과 두 개의 몸이 다 따로 있다. 고로 '일심동체'는 어디까지나 다다를 수 없는 이상이다. 두 개의 심장과 두 개의 몸이 한집에서 매일 서로를 마주하다 보면 자주 누군가는 참거나, 외면하거나, 거짓말을 한다. 어떤 사랑이든 사랑하기 때문에, 또는 소중하다고 생각하는 무언가를 지켜내기 위해, 어떤 종류의 불행들에 대해서는 '익숙해지도록' 스스로를 길들인다.

몹쓸 정리벽이 있는 나는 이 두 영화가 전하고자 하는 인생과 결혼에 관한 교훈 몇 가지를 리스트업하고 싶은 충동을 느꼈지만 한동안 아무 말도 할 수가 없었다.

그러다 얼마간의 시간이 흐른 후, 이 작은 책을 쓰기로 결심했다.

# 49

이 책의 초고는 처음으로 남편에게 읽혔다. 그에 관한 이야기가 들어가 있기 때문에 당연히 밟아야 할 절차인 것이다. 떨리지 않았다면 거짓말일 것이다. 초고를 읽은 후 그는 소감을 이렇게 밝혔다.

"다 잘 봤는데 내가 궁금한 건 과연 이걸 돈 주고 사 읽을 사람이 있겠느냐는 거야."

예상 밖의 논점에 나는 입이 떡 벌어졌다.

"물론 이 책이 어떤 '도움'이 될 만한 책은 아니지. 교훈과 지침 같은 건 없으니까. 이건 우리 두 사람 이야기니까 아이에 대한 얘기도 일부러 뺐고. 뭔가를 가르치려는 뉘앙스는 내가 싫어서 일부러 걷어냈어."

나는 '아내'가 아닌 '저자' 모드로 돌아와 내가 쓴 원고를 주저리주저리 변명, 아니 나 자신을 변호했다. 남편이 그 말을 듣더니 실소를 터트렸다.

"아, 그야 당연하지. 우리 같은 부부가 무슨 지침이나 교훈을 줄 수 있 겠어."

역시 깨친 분.
남편의 말은 매우 타당하고 건전했다.
한 부부의 결혼생활이 다른 부부에게 본보기가 되려는 것처럼 사악 하고 위선적인 것은 없다.

그래도 이 작은 책을 쓰는 동안 얻은 한 가지 깨달음쯤은 밝히고 싶 다. 나는 '정말로 중요한 문제'는 적당히 피하면서 사는 것도 인간이 가 진 지혜라는 사실을 알게 되었다. 이게 무슨 말이냐 하면 결혼이란 뭘 까, 부부란 뭘까, 행복이란 뭘까, 같은 것들을 정색하고 헤아리려고 골 몰한다거나, 100퍼센트의 진심이나 진실 따위를 지금 당장 서로에게 에 누리 없이 부딪쳐서 어떤 결론을 얻으려고 한다면, 우리 모두는 대개 실 패할 것이라는 뜻이다. 이런 질문들의 종착지는 결국 '그럼 나는 왜 사 는가'와 같은 막다른 골목일 뿐인데, 그렇다면 왔던 길을 도로 되돌아 가는 수밖에 없다. 그것이 패배가 아님을 겸허히 받아들이면서.

무엇인가의 당위나 절대성을 진지하게 사유하기 시작하면 급 피로가 몰리고 피가 머리로 쏠려 편두통이 재발할 것이다. 그럴 때는 운동화를 신고 동네로 산책을 나가 맛있는 스콘을 사 먹는 것이 현명하겠다. 적당한 때가 오면 부부가 무엇인지, 결혼이 무엇인지, 행복이 무엇인지, 각 잡고 사색하지 않아도 그쪽에서 먼저 우리에게 어쩌다 한 번씩 알려줄 테니까. 마치 이제 알았냐는 듯이 대수롭지 않게 어깨를 툭 치면서.

혹은 진심이나 진실은 마지막에 가서야 밝혀지게 된다는 이야기도 있다. 그 말을 믿는다면, 그리고 진심이나 진실을 알고 싶다면, 마지막까지 따라가보는 수밖엔 도리가 없다.

# 50

그와 내가 한날한시에 죽을 가능성은 현실적으로 적을 터이니 남편과 나, 둘 중 누군가는 먼저 이 세상을 떠날 것이다. 남겨진 사람은 남은 삶을 사는 동안 떠나간 사람과 함께 보아온 숱한 풍경들을 플래시백처럼 떠올리게 될 것이다. 이미지는 모호하고 순서는 뒤죽박죽, 심지어 세부사항은 왜곡된 채로. 그렇다 하더라도 '나와 같은 풍경을 참 많이 보았다'라는 실감만은 그저 기분 탓이 아닌, 분명한 사실로 남을 것이다.

그가 먼저 떠나면 생전에 그가 끼고 살던 방대한 양의 책들과 음반들이 그의 존재를 대신할 것이다. 남들은 뭣도 모르고 책으로 가득한 집 안 인테리어를 멋스럽게 봐주었지만 실은 호시탐탐 싹 다 치워 없애고 싶었다. 정작 내 마음대로 치울 수 있을 때가 오면 청개구리인 나는 아마 그렇게 못 하겠지. 그러니까 나는 〈20세기 소년 완전판〉〈한국 팝의 고고학 1960〉〈다크 나이트의 모든 것: 배트맨 80주년 기념 아트북〉〈Mind Over Matter: The Image of Pink Floyd〉〈축구의 세계사: 공은 둥글다〉〈시바 료타로 전소설 철저가이드 司馬遼太郎全小説徹底ガイド〉 같은 책들을 떠안고 여생을 살아가야 하는 것이다.

그리고 여름이 되면 일주일에 한 번은 혼자 평양냉면 집에 들를 것이다.

"이모님, 여기 찬 육수 좀 더 주세요."

환청처럼 그의 목소리가 들리면 살아생전 그가 가장 맛있게 먹었던 음식을 내가 대신 힘껏 먹으리라. 면발을 이로 천천히 끊어내는 중에 그의 목소리가 또 들릴지도 모른다.

경선아.
마누라.
임경선 씨.

한편, 내가 먼저 이 세상을 떠나면 남편은 그제야 비로소 내가 쓴 책들을 한 권씩 천천히 읽어나갈 것이다. 어떤 대목에선 낯섦을 느끼며, 어떤 대목에선 너무나 뒤늦게 자신의 아내를 이해하게 된 통한을 느끼며. 그사이 내가 키우던 식물들은 한 달 만에 모조리 죽겠지.

애초에 결혼 생각이 없었으니 결혼을 두 번 할 생각은 추호에도 없다고 말한 사람이다. 허투루 입을 여는 사람이 아니니 아마도 그는 끝까지 혼자 살다 갈 것이다.

"혹시 도중에 생각이 바뀌면 미리 알려줘."

나는 그에게 단호한 목소리로 꼼꼼하게 일러둔다. 뒤에 오실 분이 편하게 지낼 수 있도록 내가 긴히 인수인계 편지를 남겨두고 갈까 싶어서.

참, 평소 친구들이 많지 않은 나는 막상 혼자가 되어버리면 겉보기보다 마음이 약해 외로움을 많이 탈지도 몰라.

그래서 늦은 나이에 연애를 해서 또 한번 결혼을 할지도 몰라.

어쩌면 당신이 아는 사람이 될지도 몰라.

# 평범한 결혼생활

ⓒ 임경선 2021

초판 1쇄 발행 2021년 03월 11일
초판 9쇄 발행 2022년 10월 31일

지은이 임경선
펴낸이 임경선
편집 김정희
디자인 최유녕
펴낸곳 토스트

출판등록 2021년 1월 7일 제2021-000002호
이메일 slowgoodbye@naver.com

ISBN 979-11-973465-7-6 03810